MANCHMAL NÜTZT NUR MORD

Monika Buttler

MANCHMAL NÜTZT NUR MORD

Kriminalgeschichten de luxe

elbaol verlag hamburg

© 2024 Monika Buttler, Hamburg

Alle Rechte vorbehalten

Rechte für diese Ausgabe:
elbaol verlag hamburg
Jungfernstieg 10, 25704 Meldorf
www.elbaol-verlag-hamburg.de

Coverdesign: Ellen Balsewitsch-Oldach

Publikation, Druck, Fertigung und Distribution:
tredition GmbH, Heinz-Beusen-Stieg 5,
22926 Ahrensburg, Deutschland –
im Auftrag des elbaol verlag hamburg und der
Autorin (zu erreichen über den Verlag)

ISBN 978-3-384-32134-3
EUR 13,00

Inhaltsverzeichnis

MIT KALTER HAND

Nein, hassen tut sie Iris nicht. Iris kann nichts dafür, dass sie seit je im Westen lebt und so unbeschreiblich reich geerbt hat. Und auch nichts dafür, dass sie, die Ost-Cousine, hier in Halle-Neustadt sitzt, an jeder Tram-Fahrt sparen muss und deshalb die Altstadt mit ihren schicken neuen Geschäften und dem vertrauten Bild der Marktkirche bald nur noch aus dem Fernsehkrimi kennt.

Rosa stößt den Rauch ihrer zehnten Zigarette aus, überwindet ein Husten und schaut mit verklammerten Armen zu dem Plattenbau hinüber. Gelb auf Grau, wie bei ihr. Der trübe Spiegel ihres eigenen Lebens. Dreißig Jahre wohnt sie nun hier.

Sie schlappt zurück zur Küchennische. Richtig hell ist es nur im Backofen. Sie klappt die Herdtür auf, saugt den Duft ein, der ihr als warme Welle entgegenschlägt. Zwibbelkuchen. Iris hat sich ein original Hallesches Rezept gewünscht, mal was anderes, hat sie gesagt, muss ja nicht immer Pasta sein.

Der Kuchen sieht gut aus, aber Rosa spürt ein Würgen in der Kehle. Sie hat gekauft und gekauft, Eier, Sahne, Speck, Zwiebeln, drüben im „Pro-Cent " neben den Döner-Läden, Läden, die sie nie aufsuchen würde. Sie ist ein paar Schritte weiter zu dem graffitibeschmierten Kiosk gegangen, blicklos vorbei an den Tagessäufern, hat in ihren Plastebeutel noch Zigaretten, „Mon Chéri" und Schwarzbier getan.

Sie hat sich verausgabt. Bis Ultimo würde es nicht mehr reichen. Sozialhilfe – was für ein Bettlergeld! Vor der Wende ist es ihr gut gegangen. Fachkraft im Depot für Medizinbedarf. Sie hat das Kollektiv geleitet, war anerkannt, war rundum versorgt. Bis die Herren Wessis kamen. Ende. Dann nur noch Aushilfsjobs. Und nun schon ewig arbeitslos. Suppenküche, schießt es ihr durchs Hirn, bald ist es soweit, und sie fühlt, wie sie errötet. Aber Iris weiß Bescheid. Iris ist liebenswert und großzügig, sie wird ihre Cousine nicht hängen lassen.

Oder täuscht sie sich? Wartet sie auf eine Fremde? Wenn sie es recht bedenkt, kennt man sich nur von Beerdigungen. Erst Iris' Bruder, dann der Vater, als Letzte, vor ein paar Jahren, die Mutter. Iris hatte ihr die Reisen bezahlt.

Rosa schnippt Asche ab, die Asche fällt auf die braune Lackdecke. Warum kommt die Cousine hierher? Von der Hamburger Penthouse-Wohnung in einen verödeten Plattenbau? „Nur so", hat Iris gesagt. Das ist keine Antwort, das ist ein Rätsel. Im fensterlosen Bad, vor dem kleinen Spiegel, rückt Rosa noch einmal den Turm ihrer kupfern übertönten Haare zurecht.

Da schrillt das Telefon in die Stille. Iris! Ja, im Intercity-Hotel. – Ja, sofort gefunden. Von der B 80 auf die Magistrale nach Halle-Neustadt. – In zehn Minuten ist sie da.

„Ich drücke“, sagt Rosa in die Sprechanlage. Sie reißt die Tür auf und beugt sich über die blutrot lackierte Balustrade. In der Tiefe des Treppenhauses zieht sich etwas Blaues am Geländer hoch. Das kann dauern bis zum dritten Stock.
„Puh!“ Leicht gebeugt steht Iris vor ihr. Sie prustet und lacht wie ein Teenager im Schwimmbad. Wenn überhaupt möglich, denkt Rosa, so ist sie noch blonder, noch schlanker, noch eleganter geworden.
„Du siehst gut aus. – Ja, furchtbar, so ohne Fahrstuhl. Auch für mich. Selbst wenn man nichts an den Bronchien hat.“
Rosa hängt einen schimmernden Trench an den Haken.
„Bin eben nur noch eine Sitzschönheit“, keucht Iris und sinkt auf das nächste schokobraune Polster.
„Danke.“ Rosa dreht die Präsente hin und her. Hoffentlich kein Schnickschnack. Fast ist es wie zu Zonen-Zeiten: Mehr würde sie sich über ein Pfund Kaffee freuen.
„Das herzförmige mach bitte gleich auf.“
„Oh! Vielen Dank! Aber ich weiß nicht …“

Ein Hundert-Euro-Schein liegt in der Schachtel. Wunderbar. Sie ist gerettet. Keine Frage, das Geld wird sie nehmen. Aber deswegen vor Iris bestimmt nicht auf die Knie fallen.

Iris lächelt. „Gar nicht so einfach, den Mammon geschmackvoll rüberzubringen."

Diese Selbstsicherheit. Stil und Geschmack hatte Iris schon immer. Was macht sie noch gleich? Irgendetwas mit Wohnberatung.

„Ist dir gelungen. – Aber lass das nicht einreißen."

Rosa lacht auf, etwas zu laut. Sie fühlt, wie sie doch ein bisschen bebt innerlich.

„Möchtest du einen Cappuccino? Oder einen Macchiato? Ich hab alles da."

„Bitte nur einen ganz normalen Kaffee."

Rosa dreht ab zur Küchennische. Auf dem Tresen zum Wohnbereich blubbert die Kaffeemaschine. Sie kommt zurück, stellt Kanne und Tassen auf den gekachelten Couchtisch. Ihr Blick huscht über die schöne Cousine: kniekurzes, graues Streifenkostüm, auf hingezupftem Blond steckt eine Sonnenbrille.

„Bist du zu einer Tagung hier?"

„Nein." Iris setzt langsam die Tasse ab.

Warum dann? In Rosa wallt Ärger hoch. Ja, sie lebt bescheiden hier, verzweifelt bescheiden sogar.

Aber dies ist ihr Nest – ihr – privates – Nest. Kein Zoo, um exotische Tiere zu bestaunen.

„Warum bist du gekommen?“

„Verwandtenbesuch. Sehnsucht nach den Blutsbanden.“

„Wie bitte?“

„Verwandtenbesuch. Die Verwandtschaft – das bist du.“ Ruhig, fast spöttisch hört sich das an. Rosa schweigt, wartet auf einen Nachsatz. „Jetzt habe ich nur noch dich“, sagt Iris leise.

In dem feinen Gesicht zuckt etwas auf. Ihr Gesicht ist nackt, denkt Rosa und verbirgt ein Erschrecken. So also sieht die nackte Wahrheit aus. Arme reiche Iris. Ein armes Schwein bist du.

„Ja, meine Kleene, ich bin immer für dich da. – Und jetzt gibt's Halleschen Zwibbelkuchen.“

Rosa stellt eine Platte ab und füllt die duftenden Stücke auf.

„Kompliment, Röschen.“ Iris führt kleine Bissen zum Mund. „Dazu dieses Schwarzbier. Alles so herrlich rustikal. Wie in alten Zeiten …“

„… als die Familie noch um den Tisch saß.“ Hier sitzt niemand mehr. Ihr Papa tot. Der Einzige, der sie geliebt und verstanden hat. Zwanzig Jahre ist das jetzt her. Längst ist sie geschieden, die Kinder sind entflogen. Allein in Halle-Neustadt. Weiß Iris, wie sich das anfühlt?

„Apropos Familie." Die Cousine legt das Besteck zur Seite. „Ich habe mein Testament gemacht. Und du bist die Erbin. Mein gesamtes Vermögen geht an dich."

Rosa hört den Schlüssel im Schloss. Bruno. Einst ihr Lover, jetzt nur noch Notgenosse.

Als der Mann auf sie zukommt, hält sie das Backblech vor ihre Brust. Sie schaut auf seine Haare. Zu lang, denkt sie. Und schmierig. Bei Dunklen fällt es gleich auf. Auch wenn man arbeitslos ist, muss man nicht so herumlaufen.

„Iris ist schon zum Hotel rüber."

„Schade. Hätt'se jern bejutachtet." Bruno schnuppert.

„Mensch, dis duftet awer."

„Zwibbelkuchen. Ich schneid' dir was ab." Rosa nickt ihn zum Wohnraum hinüber.

Sie sieht ihm nach. Dem ausgebeulten Trainingsanzug und dem Mann darin. Dick ist er geworden. Armut macht dick, haben sie im Fernsehen gesagt. Sie bestückt einen Teller, bringt ihn zur Sitzgarnitur. Bruno hängt schon über dem Kacheltisch, Ärmel umgekrempelt, Messer und Gabel auf hochkant gestellt. Er legt zwei Zwei-Euro-Münzen auf den Tisch. „Hier. Der Zaster fürs Essen."

„Nein." Sie schiebt ihm das Geld zurück. „Heute bist du eingeladen."

Sie fühlt sich so leicht, fast beschwipst im Kopf. Alleinerbin! Und dann noch diese Summe! Wirklich zum Schwindeligwerden. Natürlich ist das jetzt nicht greifbar und mehr eine Ehre. Iris würde noch lange leben.

„Was iss'n los? Hast ja janz rote Fleggen im Jesicht."

„Meine Cousine – die hat vielleicht ein Geld!"

„Weeß ich. Haste erzählt. Wie ville issn?"

„Zwei Millionen." Erschrocken hält sie die Hand vor den Mund. Nein, sie zerspringt, das muss jetzt einfach raus.

„Sach dis noch mal." Bruno lässt ein zischendes Pfeifen hören, setzt das Bierglas ab und sieht sie an.

„Zwei Millionen. Und die vererbt sie mir. Richtig mit Testament. Sie will mir eine Kopie schicken."

Sie hebt das Kinn. Auf Iris kann sie stolz sein.

„Sach mal, wie alt iss'n die?"

Alt? Iris wirkt eher jung. Konserviert mit Wessi-Komfort. „Zweiundsechzig ist sie."

„Nur zehn Jahre älter als wir. Ja, wenn's 'ne Tante wär'. Dis iss doch nischt – mit kalten Händen schenken."

Rosa fällt zusammen. Alles nur Wahn, sie ist eine Närrin. Iris wird hundert werden. Und sie in Halle-Neustadt verenden. Sie greift zur Zigaretten-Schachtel.

„Isse wenigstens krank?" Bruno fasst mit der Hand nach der Zwiebelschnitte.

Wie Iris gekeucht hat. Nein, sie kann nicht alt werden. „Sehr krank. Meine Cousine hat Allergien und Asthma, ihre Lunge funktioniert nur noch auf Sparflamme." Rosa zieht tief den Rauch ein, spricht weiter, wie zu sich selbst. „Auch das Herz ist betroffen. Iris lebt am Limit, will es aber nicht wahrhaben. Und ihre vielen Medikamente … Ein falscher Mix – schon wäre sie hinüber."

„Dann mix doch mal was." Bruno schaut auf, ein lauerndes Glitzern im Blick. „Solange se noch hier iss. Und denn fangen wir janz neu an. Wir zwee beede. In Brasilien." Er schnippt mit den Fingern.

Rosa schließt die Augen. Sie sieht sich selbst. Mit unerschöpflichem Konto, in einem Reetdachhaus am Ostseestrand. Allein. Allein, wiederholt sie im Stillen und bezähmt ein verächtliches Lächeln. Jemand müsste es für sie tun, irgendwie, dann ginge es vielleicht.

„Pass uff", sagt Bruno, und sie öffnet die Augen. „Morjen. Ich werd dir mal verklamiesern, wie wir dis machen."

Zehn Uhr am Morgen. Seit sie ohne Arbeit ist, kann Rosa nicht mehr schlafen. Diese Nacht war besonders schlimm. Die harten Schläge ihres Herzens, das kreisende Denken, ob sich ihr Schicksal jetzt wenden wird. Sie kriecht in den moosgrünen Frotteemantel, zündet die erste Zigarette an.

Zuverlässig schrillt um zwölf das Telefon. Iris! Was sie gesehen hat, fragt Rosa. Aha. Die Altstadt, „richtig trendy" sei die. Natürlich das Händel-Haus. Und das Halloren-Café im Marktschlösschen.

„Wo bist du jetzt, Iris?"

„Auf dem Stadtgottesacker. Einmalig. Ein Camposanto wie in Italien …"

Den Rest hört Rosa nur halb. Auf dem Friedhof! Sollte das ein Omen sein? Wo würde man überhaupt die Leiche … also, wo sollte Iris hin, nach ihrem tödlichen – Zusammenbruch?

„Du kommst dann zum Abendbrot", bestätigt Rosa. Morgen lad' ich dich schick zum Essen ein, hat Iris gesagt. Natürlich hallesche Küche. Sie hat den „Bechershof" entdeckt. Morgen …

Gebeugt steht Iris im Flur und stößt die Luft aus.

„Geht schon", strahlt sie.

Rosa zieht ihr den Trench von den Armen.

„Bruno ist schon da." Sie schlappt, den Hawaii - Vorhang teilend, voraus. „Herr Krause – meine Cousine Frau Amelung."

Der Mann löst den Blick vom Bildschirm, wo, ihre Worte übertönend, Fußball tobt, und hebt den Hintern an.

„Anjenehm."

„Guten Tag." Iris langt ihre Hand hinüber und lässt sich auf dem am weitesten entfernten Sofaplatz nieder.

Sie mag ihn nicht, denkt Rosa. Gut so. Ich mag ihn ja auch nicht. Sie schaut mit Widerstreben in sein fahles Schnapsgesicht, stellt lautlos noch einmal die Frage. Ja, er wird es tun. Grinsend nickt er ihr zu.

Sie taucht in die halbdunkle Küche. „Ich mach das Essen fertig. Heute gibt's Appeltoffel. Ein Apfel-Kartoffel-Gericht."

„Röschen! Ich helf dir!" Die Stimme hinter ihr klingt fast beschwörend. Rosa dreht sich zurück. Iris ist wieder in der Senkrechten, schiebt ihre Kroko-Tasche zwischen die Zierkissen und eilt ihr in die Küche nach.

„Wenn du unbedingt willst – du kannst die Äpfel schälen. – Tja. Euro Teuro. Mehr kann ich dir leider nicht bieten."

„Weiß ich doch. Übrigens hab ich dir noch etwas mitgebracht. Du wirst überrascht sein.“
Rosa hört mit dem Schneiden auf.
„Später.“ Iris mimt lächelnd die Märchenfee.
Noch mehr Geld? Ein Scheck vielleicht? Wir da oben – ihr da unten. Wer Gutes tut, erhöht den eigenen Glanz. Wenn doch nur alles zu Ende wär’.
„Ich jieß schon mal’s Bier ein“, ruft Bruno vom Wohnraum.
Rosa blickt über den Tresen. Bruno hält ein Glas in der Hand. Ins schwarze Gebräu rührt er Trinktabletten.
Sie bittet an den sparsam beleuchteten Kacheltisch. Aus der Schüssel steigt Muskatduft auf. Sie umklammert ihr Glas, fühlt kalte Feuchte tief in die Haut dringen.
„Prost! Jetzt wird erst mal jeschnasselt!“ Bruno reißt den tätowierten Arm hoch.
Countdown, denkt sie. Seltsam leer ist ihr Kopf.
Die Lippen schon am Schaum, setzt Iris das Glas ab. „Ich wollte doch … es gibt etwas zu feiern …“
Sie zwinkert Rosa zu, stoppt sich aber mit Blick auf den Mann. Aus einer Hochglanz-Tüte zieht sie eine Weinflasche. „Hier. Ein Saale-Unstrut-Gewächs.“

Wein, denkt Rosa. Ein paar Flaschen Bier wären besser gewesen. „Ist das die Überraschung?", fragt sie.

„Natürlich nicht." Iris wendet sich zu Bruno. „Machen Sie die mal auf?"

Rosa presst die Lippen aufeinander. „Einen Korkenzieher hab ich nicht."

„Sowas ham wer nich." Brunos Kiefer mahlen.

„Ich aber." Die Cousine kramt in ihrer Gucci-Tasche. „Hier. Immer dabei."

Ein Schweizer Taschenmesser. Leichthändig dreht Iris den Korken aus der Flasche.

„Jläser ham wer ooch nich." In Brunos Augen funkelt Wut.

„Keine Weingläser?" Der tickt wohl nicht richtig. Rosa springt zur Vitrine, stellt klirrend kristallene Prachtstücke hin.

Iris schenkt ein. „Zum Wohl!" Sie nippt, lehnt sich zurück.

„Zu dem juten Essen wärr'n Se awer unser Bier nich verschmähn!"

Iris nimmt endlich die ersten Schlucke.

Die letzten. Rosa senkt die Lider. Und hebt sie, als sie das Geräusch hört. Ein Fiepen. Dann ein Pfeifen, schwellend zum Rasseln, es erfüllt den Raum, tönt ihr in die Ohren, durchbebt sie bis ins Innerste. Es gibt kein Zurück mehr.

Vor ihr geweitete Augen. Und nun sinkt Iris' Kopf, immer schneller und kürzer kommen die Atemstöße. Ihr Kopf sinkt auf den Unterarm, bleibt dort liegen, als sei dies die Endstation. Unter Röcheln greift sie seitwärts, hin zur Tasche, ihre Finger durchwühlen den dunklen Grund.

„Mein Spray ist weg!"

Rosa sieht, wie Iris zusammensackt. Die Tasche rutscht vom Sofa, etwas Großes, Glänzendes gleitet zu Boden.

„Mein Papa!" Rosa kniet auf der Filzware. Wie einen Schrein hält sie das goldgerahmte Foto in Händen. Stechend steigen die Tränen auf. Was für ein Geschenk! Kein einziges Foto besitzt sie vom Papa, alle Bilder, alle kleinen Schätze, hat damals der Brand in ihrer Wohnung vernichtet.

„Mensch, Rosa, die atmet immer noch!"

Erst als Nachhall begreift sie die Worte. Sie schaut auf. Mit einem Kabel in der Hand geht Bruno auf das Sofa zu.

„Nein!" Sie schnellt hoch, wirft sich ihm entgegen, er stößt sie beiseite. Da! Auf dem Tisch blinkt das Taschenmesser. Aufklappen und blindlings ein Stoß in den Leib. Der dicke Körper taumelt, ein Stöhnen, dann ein dumpfer Laut. Reglose Stille. Und Blut! Rosa ist nah am Schrei. Ruhe, Ruhe,

Ruhe, trommelt sie sich ein. Zitternd durchsucht sie seine Hosentaschen. Das Spray, da ist es!

Sie beugt sich zu Iris. Ein schwaches Atmen. Noch immer hält Iris die Ohnmacht umfangen. Rosa presst ihrer Cousine Aerosol-Stöße in den Rachen. Nichts. Das Sauerstoff-Set! Wozu hat sie Erste Hilfe gelernt, hat stets auf der „Tafel der Besten" gestanden? Sie stülpt ihr die Maske auf. Endlich, was für ein Glück! Iris öffnet die Augen, beginnt zu husten, hustet sich aus, als könne sie nicht mehr aufhören.

„Du hast einen Anfall gehabt. Geht es jetzt wieder?"

„Ja", haucht Iris. Dann ein jähes Erschrecken.

„Schau nicht hin!", schreit Rosa. „Er hat mich angegriffen!"

„Angegriffen?" Wie aus einem Schlaf erwachend, blickt Iris sich um. „Was ist hier eigentlich los?"

„Ein Streit. Der ist ausgerastet, der wollte mich umbringen! Plötzlich hatte ich das Messer in der Hand …"

„Ein Streit …" Iris sitzt jetzt ganz gerade da. „Ruf den Rettungsdienst! Sofort den Rettungsdienst!"

„Und wenn er schon … tot ist? Können wir ihn nicht irgendwie …"

„Können wir nicht. Das hier ist kein Krimi. Was immer geschehen ist – ruf an, sonst bist du erledigt."

Rosa sieht bleiche Entschlossenheit. Wie in Trance tippt sie die Nummer ein.

„Ich muss mal ins Bad", sagt Iris.

Rosa schleicht zur Garderobe, greift in Brunos beigegraue Windjacke. Die Salicyl-Tabletten. Nur Salicyl vertrage sie nicht, das könne glatt ihr Tod sein, hat Iris öfter zu ihr gesagt. Niemals darf Iris davon erfahren. Schnell öffnet sie die Balkontür und senkt das Röhrchen in die Blumenerde.

Der Uniformierte schaut ständig herüber. Soll er. Rosa umklammert die Hand auf dem Tisch. Ohne Iris könnte sie das nicht durchstehen. Gleich wird die Besuchszeit zu Ende sein.

„Er hat überlebt", hört sie Iris flüstern. „Das wird dein Gewissen leichter machen. Bald geht's dir besser."

Ja. Sie will daran glauben. Bruno wird schweigen. Zu tief hängt er selbst mit drin. Die Tabletten, die er gab. Aussage würde gegen Aussage stehen.

„Notwehr." Iris' Worte klingen wie ein Mantra.

„Notwehr", wiederholt Rosa. Ein eskalierender Streit, wie so oft schon. Um nichts, geboren aus zu viel Alkohol. Bruno, der gewalttätige Säufer.

Der Uniformierte steht auf. Iris beugt sich vor. „Ich hab dir einen Anwalt besorgt. Ein Top-Mann. Hat noch keinen einzigen Prozess verloren."

„Danke." Rosa drückt die sich lösende Hand.

„Ich hab' doch nur noch dich", sagt ihre Cousine leise.

SCHERBEN BRINGEN GLÜCK

Hans-Georg befeuchtete seinen Zeigefinger und blätterte die Katalogseite um. „Kahla fehlt mir noch.“

„Was?“ Inge sah von ihrem Kreuzworträtsel auf.

„Kahla. Thüringen. Das Thüringer Porzellan.“ Die Stimme des Mannes war höher geworden.

„Ach so.“ Inge las „Lebensbund“ mit drei Buchstaben und trug „Ehe“ ein.

„Na, das haben wir doch gleich.“ Hans-Georg zerrte den Atlas aus dem Regal. „Hier. Von Berlin auf die A 9 nach Süden, beim Hermsdorfer Kreuz auf die A 4. Bei Jena auf die Bundesstraße 88 bis Kahla.“ Wie Peitschenhiebe ließ er die Hosenträger knallen. „Das reiß ich in drei Stunden ab.“

Inge duckte sich in den Lazy-Sessel.

„Ich hab auch schon ’ne Idee. Das wird unsere Hochzeitsreise. Nur wegen der Silbernen brauchen wir hier ja nicht so ein Trara zu machen. Ist auch entschieden billiger. Was meinst du, Schnecke?“

Vor Jahren war Inge bei „Schnecke“ noch zusammengezuckt, jetzt fand sie, dass der konsequente Anrede-Verzicht, mit dem sie Hans-Georg bestrafte, durchaus als ebenbürtige Reaktion gelten konnte.

„Ich dachte, dass wir mit unseren Freunden – “

„Was für Freunde?" Hans-Georg musterte sie so scharf, dass sie sich noch tiefer in den Sessel rollte. Langsam tauchte ihr Blick nach oben zurück, glitt die raumfüllenden Regale der Altbauwohnung hoch. Kaffeekannen und Teekannen, Teller und Tassen, Schalen und Schüsseln, Terrinen, Platten, Dosen, Becher ... Porzellan. Weiß-Blau, Weiß-Rosa, Weiß-Grün ... Sie legte den Kopf in den Nacken und fühlte einen Schwindel. Hinter ihren Lidern tanzte das hämische Gesicht ihrer Schwiegermutter, die tot und doch sehr unangenehm lebendig war. Beim finalen Schlaganfall der Alten hatte Inge noch jubelnde Freude empfunden, bis – ja, bis Hans-Georg mit behutsam-gierigen Händen die fünf Nachlass-Kisten Arzberg Blaublüten ausgepackt hatte. So grinste nun Schwiegermutter Martha in Zuckerdöschen und Milchkännchen von den Konsolen.

Dann waren Tante Franzi, Tante Helene und Tante Gerda gestorben, und Hans-Georg hatte „selbstverständlich" die je 24-teiligen Service Wildrose, Magnolia und Streublume übernommen. Und das mehr oder weniger geschmackvolle Porzellan in die neuen Regale gestellt. Ihren Onkel Otto hatte Inge immer gut leiden können, doch dann hatte er von „Auswanderung" gesprochen ... Auch Carla hatte sich unbeliebt gemacht, als sie auf der Durchreise einen Karton Hotelgeschirr bei ihnen „vergessen" und großzügig von „Geschenk" gesprochen hatte.

Als das fünfte Zimmer der Wohnung mit Porzellan bepflastert war, hatte Inge ihren Mann um ein Grundsatzgespräch gebeten und ihre kaputte Bandscheibe angeführt.

„Du willst eine Putzfrau? Kommt mir nicht ins Haus!", hatte Hans-Georg getobt. „Das bisschen Haushalt wirst du ja wohl noch schaffen."

Wenig später war ihr diese Tasse heruntergefallen. Ausgerechnet die Gedenktasse mit dem Martha-Initial. Da hatte Hans-Georg sie zum ersten Mal geschlagen.

Inge packte die Koffer und steckte die Prospekte dazu. „Kahla – Porzellan für die Sinne". Sinne, Sinnlichkeit – die Erinnerung an etwas sehr Fernes ließ sie verbittert auflachen. Wieder fühlte sie sich schwindelig. Die Regale schienen sie einzukreisen, Tassen und Teller auf sie zuzustürzen ...

Sie musste sich befreien. Endgültig. Noch auf dieser Reise. Mit seinem Tod würde ihr Leben zurückkehren. Ein Bild stieg in ihr auf: Das Porzellan lag in Trümmern auf dem Boden, die Scherben wehten wie Blätter zum Fenster hinaus, in der weißen Leere umschlang sie ein junger Mann ...

Jetzt raste sie mit Hans-Georg im geräumigen Volvo dem Achttausend-Seelen-Städtchen Kahla entgegen. Inge hatte den Thüringer Reiseverführer auf den Knien.

„Dann lies mal vor, was die uns zu bieten haben!", forderte Hans-Georg.

„Kahla, die Porzellanstadt – "

„Das weiß ich selbst!"

Inge spürte, wie ihre Hände zu zittern begannen.

„Kahla liegt im Mittleren Saaletal am Fuße der Leuchtenburg – "

„Diesen mittelalterlichen Kram können wir uns schenken. Wir fahren direkt zur Fabrik." Hans-Georg hupte energisch einen Smart aus dem Weg. „Und danach grasen wir die Thüringer Porzellanstraße ab. Reichenbach, Triptis, Pößneck ...“

Das ist sein Todesurteil, dachte sie. Mehr von dem Zeug, das er mit Kennermiene „weißes Gold“ nannte, würde sie nicht ertragen.

„Eben haben wir die Grenze überschritten", bemerkte sie.

„Überfahren, meine liebe Schnecke, überfahren."

Sie unterdrückte eine passende Erwiderung und beugte sich vor. „Nun sind wir im grünen Herzen Deutschlands."

Hans-Georg betrachtete kurz die lieblich gewellte Landschaft. „Tatsächlich. Ziemlich grün."

Inge faltete die Karte auf. Jetzt musste Eisenberg kommen. „Kutschfahrten durchs Eisenberger Mühltal". Diese Dinger kippten doch immer um. Wenn Hans-Georg das allein buchen würde ... Camburg bot „touristisches Flößen" auf der Saale an. Verlockend, war doch das Ekel mit seinen fünfundfünfzig Jahren noch immer Nichtschwimmer ... Leider etwas abgelegen, der Ort. Sollten sie vielleicht in Hermsdorf Halt machen? Die dortige Hochspannungsanlage wurde als einzigartiges „technisches Denkmal" gepriesen. In Leutra gab es Orchideen-Gärten. Man müsste wissen, ob diese Luxuspflanzen giftig waren ...

Kommt Zeit, kommt Tod, dachte sie hoffnungsfroh.

„Oh, da geht's nach Jena!" Inge sah ihren Mann fragend an.

„Ja, und?" Hans-Georg bog mit unvermindertem Tempo auf die Bundesstraße nach Kahla.

„Linkerhand muss die Saale liegen. Schade, dass man sie nicht sehen kann."

„'An der Saale hellem Strande/Stehen Burgen stolz und kühn'", bölkte ihr Ehemann los, brach aber mangels Textkenntnis wieder ab.

Dann war es soweit. Im pfingstlichen Sonnenschein lag das Städtchen Kahla vor ihnen. Links auf bewaldetem Berg schaute eine große, offensichtlich gut erhaltene Burg über die Lande.

„Die Leuchtenburg! Die Königin des Saaletales!" Inge war begeistert. Umso mehr, als ihr inzwischen die mörderischen Möglichkeiten des alten Gemäuers aufgegangen waren. Der Rittersaal mit Hieb- und Stichwaffen, vor allem aber der achtzig Meter tiefe Sträflingsbrunnen. Ein hartes Los hatten die Zuchthäusler da gehabt. „Mindestens zwei von ihnen suchten den Freitod durch einen Sturz in den Brunnen", informierte der Prospekt. Damit war bei Hans-Georg leider nicht zu rechnen. Vielleicht ließ sich beim grandiosen Rundblick vom Bergfried etwas machen ...

„Guck mal, die drei hohen Schornsteine, dass muss es sein!" Hans-Georg steuerte nach links zu einem ausgedehnten Fabrikgelände, auf dem sich eine Gruppe klinkerroter Gebäude erstreckte.

„Christian-Eckardt-Straße. Wer das wohl war?", murmelte Inge.

„Na, der Gründer der Manufaktur! Habe ich dir doch schon zehnmal erklärt! 1844."

„Ich dachte, wir würden erst in die Stadt ... Der Marterturm soll interessant sein."

Sie fühlte seinen vernichtenden Blick. Schon war er aus dem Auto gesprungen und hatte die Tür zu

der Eingangshalle aufgestoßen. „Na, hier ist vielleicht was los. Komm mal her, Schnecke!"
Inge folgte ihm. Vor ihnen ein Gewühl hunderter
von Menschen, die sich an mehreren, in unter-
schiedlichen Farbkombinationen gedeckten Ti-
schen vorbeischoben. Weiter entfernt, auf einem
Podest, über dem ein weiß-rotes Spruchband mit
den Worten „KAHLA KREATIV" schwebte,
glänzte schwarz und edel ein VW Golf-Cabrio.
Vielleicht ein Gewinn, dachte sie, aber sie hatte ja
noch nie etwas gewonnen. Außer Hans-Georg, ihre
Ehe-Niete.
Rechts zeigte eine Tafel die nächste Werksführung
an. Hans-Georg sah auf seine Uhr. „Fängt gleich
an. Dann machen wir erst mal die Führung."
Inge dachte an Brennöfen. Hatte ihr oberschlauer
Mann nicht von Tunnelanlagen gesprochen? Menschen passten da wohl nicht hinein ...
„Ich seh mir lieber die Tische an." Sie erwartete
seinen Schlag, hier eher einen seelischen, doch er
marschierte wortlos zu der angrenzenden Halle
hinüber.
„Romantischer Abend" hieß der erste Tisch. Weißes, asymmetrisch geschwungenes Porzellan auf
nachtblauem Grund mit Silberakzenten. Luxuriös.
Zum ersten Rendezvous hatte Hans-Georg sie noch
ins „Eden" geführt ...

„Für Verliebte" schwelgte vom Teller bis zur Tischdecke in Pastelltönen. Die berühmte rosarote Brille – hatte sie die nicht auch aufgehabt?

„Hochzeit" – eine Sinfonie in Weiß, Gold und Baccara-Rot. Inge seufzte laut.

„Gefällt Ihnen die Dekoration?" Eine etwa gleichaltrige Dame im Blazer sah sie freundlich an.

„Ja, natürlich."

„Aber ziemlich anstrengend, das Ganze. Sie sehen richtig erschöpft aus. Geht es Ihnen nicht gut?"

„Oh, doch, ausgezeichnet sogar. Heute ist nämlich mein Hochzeitstag." Inge ließ einen ironischen Lacher los. „Silberne."

„Hab ich auch gerade hinter mir. – Ich glaube, Sie brauchen jetzt eine Erfrischung. Gehen wir doch zu den Kaffee-Tischen hinüber. Sie müssen unbedingt unseren einheimischen Kuchen probieren."

„Ja, gern." Inge wunderte sich über sich selbst. Und auch wieder nicht. Ein Ehemann konnte einem weitaus fremder sein ...

„Sie sind nicht von hier, oder?"

„Ja, nein, aus Berlin. Mein Mann macht gerade die Führung mit."

„Schau'n Sie mal." Die Dame wies auf das Buffet. „Thüringen ist ein Kuchenland. Suhler Rahmkuchen, Rupfkuchen, Schneewittchen-Kuchen,

Rahmstreuselkuchen – alles Thüringer Spezialitäten.“

„Die sehen wirklich lecker aus.“ Inge bestellte den
Streuselkuchen.

„Regina Marwig.“ Die Dame streckte ihr die Hand
hin. – „Inge Klaffke.“ Was für eine angenehme
Frau.

„Mein Mann ist Porzellansammler“, flüsterte Regina Marwig. „Können Sie sich eine Wohnung voll
mit Porzellan vorstellen? So vollgestopft, dass man
zu ersticken meint?“

Inge konnte. Diese Frau wurde ja immer sympathi-
scher. Beflügelt von neuem Rachehunger, orderte
sie den Rupfkuchen.

„Mein Mann sammelt das auch.“ Inge erzählte,
was zu erzählen war.

„Ich hasse Porzellan“, zischelte Regina Marwig.
„Aber die Manufaktur verlost heute dieses Cabrio,
und mein Mann ist im Orga-Komitee.“ Inge folgte
ihrem Blick zum Podest, auf dem ein dicker Mittfünfziger mit Resthaar geschäftig hin- und herlief.

„Ich spiele die Glücksfee. Machen Sie doch einfach mit, Frau Klaffke.“ Regina Marwig nahm eine
Karte vom Tisch. „Hier, superleicht. Nur drei Fragen, ich sag Ihnen mal eben die Antworten. Sie
brauchen nur mitzuschreiben.“

Inge kaute den Suhler Rahmkuchen zu Ende und zog einen Stift aus der Tasche.

„‚Gründungsjahr der Manufaktur‘“, begann Frau Marwig mit Verschwörerstimme.

„1844.“

„Gut, Frau Klaffke! Na, Sie kennen sich aber aus!“ Inge errötete.

„‚Das aktuelle Kahla-Porzellan heißt …‘“

„‚Touch Lux‘!“ Inge strahlte wie das Geschirr. „Das weltweit erste Porzellan mit einer samtweichen Oberfläche.“

„Sehr gut, Frau Klaffke, sehr gut! Weiter: ‚Kahla-Porzellan bekam wie viele Design-Preise?‘“ Die Befragte stockte.

„54. – Jetzt noch Ihre Unterschrift.“ Die Glücksfee steckte die Karte ein. „Die geb ich gleich für Sie ab.“

Inge sah Regina Marwig zur Auto-Bühne eilen und winkte zurück. Mit Behagen schmeckte sie den Schneewittchen-Kuchen, als sich plötzlich ihr Mann vor ihr aufbaute.

„Hallo, Schnecke! Na, ordentlich gespachtelt? – Ich geh jetzt Porzellan kaufen. Da drüben ist der Werksverkauf. Kommst du mit?“

„Nein, danke, ich brauche kein Porzellan.“ In Inges Ton schwang Feindseligkeit, während sie instinktiv über ihre voluminösen Hüften strich.

„Dann nicht." Hans-Georg drehte ab.

Inge bestellte noch einen Kaffee. Kein einziges Tässchen würde sie von hier mitnehmen. War ja auch nur zweite Wahl.

Ein Trommelwirbel ließ sie zusammenfahren. „Meine Damen und Herren, liebe Porzellanfreunde! Und nun beginnt unsere große Gewinnaktion", krächzte es durchs Mikrofon. Inge sah zur Bühne. Der dicke Mittfünfziger mit dem Resthaar, Herr Marwig vom Orga-Komitee. Inmitten einer gelbgrünen Samba-Gruppe tänzelte er mit neckischer Miene um das Cabrio herum. Dann legte Playback-Musik los, nackte Bäuche und behaarte Oberkörper kreisten, und von allen Seiten drängten die Besucher heran.

Inge bemerkte, wie Regina Marwig die Stufen zum Podest emporstieg. Es schien ihr, als habe ihre neue Bekannte ihr kurz zugezwinkert. Wieder ein Trommelwirbel. Gespannte Stille. Langsam griff die Glücksfee in die goldene Kugel und blickte auf das Kärtchen: „The winner is – Frau Inge Klaffke!" Ein Beifallstumult brach los, den dennoch einer übertönte: „Hier!", rief Hans-Georg Klaffke, „hier!" und stürmte die Treppe zur Bühne hinauf.

„Frau Inge Klaffke!", wiederholte Regina Marwig. „Wo ist unsere Gewinnerin?"

„Ich bin der Ehemann. Wir haben gewonnen!" Hans-Georg Klaffke kam der Glücksfee so nahe, als wolle er ihr das Kärtchen aus der Hand schnappen.

Inge hatte, wie eine überwältigte ‚Wer wird Millionär'-Gewinnerin, die Hände vors Gesicht geschlagen und kämpfte sich zur Bühne durch.

„Frau Klaffke?" Regina Marwig zog sie zu sich.

„Ja, das bin ich. Und ich habe wirklich gewonnen?"

„Aber ja, hier steht Ihr Name."

„Das ist meine Frau!" Wie ein fetter Käfer drängte sich Klaffke dazwischen. „Ich habe ihr natürlich geholfen."

„Geholfen?" Regina Marwig blickte irritiert zu Inge.

„Ich kenne diesen Herrn nicht!", hörte Inge sich sagen. „Ich habe diesen Herrn noch nie gesehen."

„Das ist ja lächerlich. Verdammte Schnecke! Los, sag sofort, dass ich dein Mann bin." Klaffkes rote Gesichtsfarbe wurde noch röter.

„Tut mir Leid." Inge wandte sich ab und fühlte gleichzeitig, wie sich zwei breite Hände um ihren Hals schlossen.

„Sind Sie verrückt geworden?" Herr Marwig riss den Tobenden zurück, während die ersten Blitzlichter zuckten.

„Dieser angebliche Ehemann – hat unsere Gewinnerin – hier und heute – bereits mehrfach sexuell belästigt", sagte die Glücksfee sehr ruhig und akzentuiert in die Kameras.

„Das ist eine üble Verleumdung, ich kann mich ausweisen", schrie Hans-Georg Klaffke und zerrte in wilder Hektik an seinem Jackett herum, während die Samba-Tänzer näher an ihn heranrückten.

„Vergewaltigung in der Ehe ist jetzt strafbar", sagte eine Frau sehr laut.

„Verfluchte Schnecke!" Der Rasende startete einen neuen Angriff, als ihn der Schlag eines Samba-Tänzers niederstreckte. Mit zu Boden ging das nahe platzierte, im wahrsten Sinne brandaktuelle „Touch Lux"-Porzellan. Scherben splitterten auf, und ein scharfes Stück bohrte sich in die rechte Hand des Gefällten. Blut quoll hervor.

Inge rührte sich nicht. Auch dann nicht, als der Krankenwagen kam und den Ohnmächtigen abtransportierte.

„Musik!", befahl Herr Marwig.

„Kommen Sie, Frau Klaffke." Inge fühlte, wie sich ein Arm um sie legte. Langsam ging sie mit Regina Marwig auf den Hof hinaus zum Parkplatz. Wie in

Trance nahm sie ihre Sachen aus dem Volvo und stieg in das andere Auto ein.

„Scherben bringen Glück“, lächelte Regina Marwig und chauffierte ihre Begleiterin zum Thüringer Hof. „Morgen, wenn Sie die Papiere haben, können Sie in Ihrem Cabrio nach Hause fahren.“

„Neues Auto, neues Leben.“ Inge lächelte zurück.

„Und Ihr Mann?“

Inge zuckte die Schultern. „Der ist Bluter. Eine Erbkrankheit.“

Manchmal bringen Scherben eben auch Unglück, dachte sie. Und wenn er überlebte? Sie kicherte in sich hinein. Dann sollte ihn doch eine andere Ehefrau umbringen.

DAS LETZTE MAHL

Durch das Panorama-Fenster ihrer Atelierwohnung schaute Brigitta Hansen nachdenklich auf die weißen Alster-Schiffe hinunter. Dann schob sie das Video ein, füllte das Glas mit einem schmeichelzarten Bordeaux und zog ihre Model-Beine auf das Korbsofa.

„Zuerst natürlich säubern, säuern, salzen", sagte die junge Blondine auf dem Bildschirm. Sie trug eine blauweiß gestreifte Bluse und eine blütenweiße Schürze mit einem applizierten blauen Fisch drauf. Routiniert warf sie die Scholle herum.

„Aber ja, das kenne ich doch noch von meiner Mutter!" Marie-Luise Schlöper, die berühmte Schauspielerin vom Ohnsorg-Theater, juchzte begeistert auf. „Kind, hat sie gesagt, merk' dir das: ,Säubern, säuern, salzen' ist die Grundregel für Fisch. In meinem Buch ,100 gute Tipps' habe ich übrigens ..."

„Ja, ja. Pressen Sie jetzt bitte die Zitrone aus!", befahl die Blondine. Als Gastgeberin der Spaßsendung „Komm, koch mit mir" auf „Hamburg Drei" war sie eine Spur zu verbissen, was sie jedoch durch ihre schlanke Sexy-Erscheinung wettmachte. Schlemmen und dabei schlank sein, genau das wollten die Millionen Zuschauerinnen, die jeden

Freitagabend zusahen, wenn die Moderatorin ihre neuen Fisch-Kreationen zelebrierte. Stets assistiert von einem Promi, der als Klatschlieferant das Sahnehäubchen bildete. Ergiebiger als jede Zeitschrift beim Friseur ...

„Und jetzt würfeln Sie den Speck. Sehr fein, bitte!", bestimmte die Blondine und ließ immerhin einen charmanten Glitzerblick los. Die Schauspielerin beugte ihr appetitliches Matronen-Dekolleté erneut über den Arbeitstisch und griff beherzt zum Messer.

„Speck – wie herrlich rustikal!", rief sie entzückt. „Soll ich Ihnen was sagen? Scholle auf Finkenwerder Art ist absolut mein Lieblingsgericht!"

„Das höre ich gern!" Die Blondine zeigte ihre makellosen weißen Zähne.

Nach gemeinsamer Braterei und nachdem Marie-Luise Schlöper noch Zitronenspalten und Petersilienblättchen auf den Fisch legen durfte, wurde unter zahlreichen „Hmmms" probiert und mit einem kräftigen Weißen angestoßen.

„... und freitags Fisch. ‚Komm, koch mit mir‘, die Sendung mit den besten Fischgerichten", tönte der Abspann. „Nur hier bei uns auf ‚Hamburg Drei‘."

Brigitta Hansen schaltete ab. Sie gefiel sich auf dem Bildschirm immer super und gratulierte sich jedes Mal, dass sie als Blondine auf die Welt gekommen war. Mit dem Glas in der Hand tigerte sie vor dem Gerät hin und her. Verdammt noch mal, ich *bin* gut! Sehr gut sogar. Souverän, kompetent und engagiert. Vier Silbermedaillen der „Académie des gourmets" erhält man schließlich nicht umsonst. Letztes Jahr war noch das „Goldene Fischmesser" dazugekommen. Sicher war ihre Unruhe unbegründet, kein Mensch konnte sie im Ernst ausbooten. Natürlich war nicht jeder Promi ein so dankbarer, erfrischender Gast wie Marie-Luise Schlöper. Mit Schaudern dachte sie an die schwierigen Fälle: Klaus-Dieter Hinze, der sich als leidenschaftlicher Hobbykoch ausgegeben hatte und dann statt zum Messer permanent zum Weinglas gegriffen hatte. Oder Katja Ebeling, die alles besser wusste und ihr, der Moderatorin, im wörtlichsten Sinn die Pfanne aus der Hand genommen hatte. Aber das waren kleine Fische. Was zählte, war doch allein, wie fachkundig und unterhaltsam sie, die bekannte Brigitta Hansen, ihre raffiniert einfachen Spezialitäten an die Frau und auch an so manchen Mann brachte. Alles ließ sich megaleicht nachkochen. Der Service-Gedanke, nicht zu unterschätzen! Außerdem war sie mit ihrem Blondhaar und den meerblauen Augen ja überaus medienwirksam und mit ihren 38 Jahren auf dem Zenit ihrer erotischen Ausstrahlung, das konnte sie als Dauer-Single ja immer wieder feststellen.

Brigitta setzte sich aufs Sofa und schmeckte gedankenverloren dem Schluck Bordeaux nach. Die Quoten der letzten „Komm, koch mit mir"-Sendungen, hatte der Programmdirektor ihr eröffnet, waren dramatisch eingebrochen und steuerten auf einen noch nie da gewesenen Tiefpunkt zu. Diese Betrachtung, hatte sie einzuwenden gewagt, sei aber nicht ganz fair, schließlich müsse sie neuerdings an „ihrem Freitag" gegen die Quizsendung von Gunnar Mauch ankochen ... Doch der Programmdirektor hatte das Gespräch mit tiefernster Miene beendet.

Brigitta hatte Rainer Rieken auf einem Presseempfang im Hotel „Interconti" kennengelernt. Der viel gerühmte Fisch-Experte – Autor zahlreicher Kochbücher wie „Gaumenfreuden mit Fisch", „Fischgerichte von der Waterkant" und außerdem Wirt des Promi-Restaurants „Chez Rainer" am Elbhang – hatte doch tatsächlich sein Sektglas über ihr ausgeschüttet. Es war wie in einem schlechten Film, und wohl oder übel musste sie dem korpulenten Fünfziger zur Wiedergutmachung an die Bar folgen. Von Anfang an war er ihr unsympathisch. Schon rein physisch. Dünstete dieser dicke, konturlose, teigige

Körper nicht irgendetwas aus? Oder bildete sie sich das nur ein? Sie drosselte ihre Einatmung und lächelte gezwungen zurück.

„Auf Ihr Wohl! Auf einen wunderschönen gemeinsamen Abend!" Rainer Rieken hatte Champagner bestellt und blickte sie aus seinen wimpernlosen Augen gierig an. „Ich hoffe, Sie nehmen mir meine Ungeschicklichkeit nicht übel ..."

„Aber ich bitte Sie!" Brigitta stürzte den Champagner wie Wasser hinunter. Bloß weg hier, aber wie?

„Wissen Sie, dass ich ein großer Bewunderer Ihrer Kochsendung bin? Ihre Rezepte sind so gut, dass ich sie am liebsten abgekupfert hätte, hahaha! Besonders der Zander neulich, im Tomaten-Basilikum-Sud – großartig!"

„Wenn Sie als bedeutender Fachmann das sagen ..."

Einfach mitschleimen. Wer weiß, wozu es mal gut war. Auf dem eng gesteckten Fisch-Terrain traf man sich doch sowieso immer wieder. Wie Haie im Haifischbecken, dachte sie plötzlich.

„Danke, danke." Rainer Rieken grinste geschmeichelt. „Apropos Fachmann: Wie wäre es denn, wenn Sie *mich* mal als Gast in Ihre Sendung einladen? Schließlich bin ich ja auch prominent. Das wär' doch mal ein echter Knüller: Wir beide, Seite an Seite, ein Dream-Team in Sachen Fisch ..."

Brigitta spürte einen würgenden Ekel.

„Warum nicht?" Sie knipste ihren Glitzerblick an. „Allerdings habe ich nur ein Vorschlagsrecht. Jetzt muss ich aber los ..."

„Na, na, na!" Rainer Rieken hob freundlich drohend einen Wabbelfinger. „Es wird doch nicht etwa ein männliches Wesen auf Sie warten?"

Sie hätte ihn gern angespuckt. Stattdessen floh sie zum Ausgang.

Man wusste nicht, was schneller war: das Gerücht oder die Tatsache selbst. Rainer Rieken, der umtriebige „Fischpapst", war für die Sendung „Komm, koch mit mir" als Moderator engagiert worden. Sein Promi-Restaurant mit nahem Elbblick lief ja ohnehin fast allein, und so würde diese Aufgabe ein weiteres Glied in seiner grandiosen Erfolgskette werden.

Als der Programmdirektor Brigitta Hansen zu sich rief, war die Sache schon so weit besiegelt, dass sich jeglicher Beschwichtigungsschmus erübrigte.

„Ja, Sie kochen dann also zu zweit. Der erfahrene, väterliche Meisterkoch, mit dem sich endlich auch die Schwergewichtigeren identifizieren können, und die junge toughe Aufsteigerin mit Glamour-Effekt. Herr Rieken wird sozusagen Schirmherr ..."

„... und ich darf ihm dann den Kochlöffel reichen!"

„Nun legen Sie doch nicht gleich alles auf die Goldwaage“, sagte der Fernsehgewaltige verärgert. „Schließlich wollen wir doch alle nur einer guten Sache dienen: dem Fisch, unserem preiswertesten Medikament für die Gesundheit ...“
„Okay“, presste Brigitta Hansen hervor.

Sie hatte einen vollen Monat Zeit, um Rainer Rieken aus dem Weg zu räumen. Brigitta ballte ihre Fäuste bis zur Schmerzgrenze. Hatte sie sich deshalb Sprosse für Sprosse die Karriereleiter hoch gehangelt, um sich von einem solchen Kretin entthronen zu lassen? Niemals! Ihre Eltern waren Fischhändler auf dem Isemarkt gewesen und sie, die Dreizehnjährige, hatte die frische Ware eingewickelt und den Kunden über den Ladentisch gereicht. Oh, dieses Herzklopfen, sie spürte es noch, wenn manchmal TV-Stars wie Wilhelm Wieben oder Dagmar Berghoff vor ihr gestanden hatten. Und nun war sie selbst ein TV-Star.
Eigentlich war alles ganz einfach. Wäre es nicht schön, hatte sie Rainer Rieken am Telefon gefragt, wenn sie ihre vielversprechende Bekanntschaft vertiefen würden? Etwa mit einem Zander im Tomaten-Basilikum-Sud? Bei ihr zu Hause, nur zu zweit? Nun, da sie bald zusammenarbeiten wür-

den ... Leicht erstaunt und wie ein freudig zuschnappendes Tier hatte er zugesagt.

Als Brigitta ihrem Konkurrenten die Tür aufmachte, wich sie unwillkürlich zurück. Du meine Güte, der Mann hatte sich ja ordentlich Mut angetrunken. Na, den würde er auch brauchen.

„Schön haben Sie's hier", bemerkte Rainer Rieken, während er ihr eine Pralinenschachtel überreichte und sich in der schicken zweigeschossigen Atelierwohnung umsah.

„Sind Sie Gedankenleser? Ich liebe Pralinen! Sie können gleich meine selbst gemachten probieren. Bitte!"

Sie wies auf die steile Treppe zum Obergeschoss, und nach kurzem Zögern wälzte sich der Dickwanst hinauf. Sie wartete ein wenig, bevor sie ihm leichtfüßig folgte.

„Wie wär's mit einem Cognac? Und naschen Sie doch schon ein bisschen von meinen Pralinen!"

Brigitta prostete ihm zu. Rainer Rieken sah auf ihre übereinander geschlagenen Beine und lehnte sich zurück.

„Jetzt bin ich aber gespannt, was eine Meisterköchin einem Meisterkoch zu bieten hat!"

„Das werden Sie gleich erleben!" Während sie im Wiegegang zur Küche stakste, fühlte sie seinen

Verfolgerblick – was er noch lieber als Pralinen vernaschen wollte, war ja wohl klar. Mit zwei Tellern, aus denen es köstlich duftete, kehrte sie zurück und bat zu Tisch.

„Erster Gang: Krabbensuppe mit Garnelenfleisch und Lachskaviar. Zum Wohl!" Ein wenig zu laut stieß sie mit ihm an. Sie zwang sich, ihm bedeutungsvoll in die Augen zu schauen, irrte aber immer wieder zu einer dicken blaulila Warze ab.

Rainer Rieken beugte sich über den dampfenden Teller. Bereits jetzt glänzte Schweiß auf seiner Halbglatze.

„Das ist ja die reinste Potenzbombe! Wollen Sie mich vielleicht verführen?" Er grinste anzüglich.

„Das ist nur das Vorspiel!" Sie befeuchtete ihr Lippenrot.

Als Antwort krochen seine Wabbelfinger über den Tisch und legten sich über ihre Hand.

„Ein wunder-, wunderbares Vorspiel!" Er ließ die Flüssigkeit im Mund kreisen. „Sie sind ja eine gefährliche Zauberin. Vorsicht, Vorsicht – am Ende werden Sie mich in der Sendung noch an die Wand kochen!"

Inzwischen tropfte sein Schweiß schon in die Suppe.

Sie zog die Hand weg und lachte auf. „Ich und Ihre Konkurrentin – das meinen Sie doch nicht im Ernst!"

„Wer weiß. Aber denken Sie dran: ‚Riekens Rainer – besser kocht keiner'", trompetete er los.

Sie schenkte ihm nach. „Aber Sie vergessen ja ganz das Trinken. Sie wissen doch: ‚Fisch will schwimmen'. Und dieser Riesling ist wirklich gut!"

„Aber ja!" Rainer Rieken nahm hastig drei Schlucke hintereinander. „Meine liebe, liebe – darf ich Sie Biggi nennen?"

„Warum nicht?" Brigitta Hansens blaue Marmor-Augen fixierten sein Gesicht, das jetzt zu einem dunkelroten Ballon mutiert war. Abrupt erhob sie sich und verschwand in der Küche.

„Zweiter Gang: Avocadomousse mit Spargel – ein kleiner Appetitanreger zwischendurch!"

„Oh, Appetit habe ich schon!" Der Dicke sah ihr unverfroren in den Ausschnitt und schleckte an der Creme herum. „Jetzt kann ich aber für nichts mehr garantieren ... Hmmm, sehr delikat, eine perfekte Komposition! Das hätte ich auch nicht besser machen können." Er griff zur Serviette und wischte sich komplett das Gesicht ab.

Brigitta ließ ihren Bissen im Zeitlupentempo auf der Zunge zergehen. „Wussten Sie, dass sich der

Name 'Avocado' vom aztekischen Wort für 'Hoden' ableitet?"

„Wirklich?" Rainer Rieken blickte sie irritiert an. Schnell nahm er ein paar Schlucke Wein.

„Ja, wirklich." In ihren Augen lag ein kaltes Funkeln, während sie sich erneut in die Küche begab.

„Und nun der Hauptgang: Zander im Tomaten-Basilikum-Sud. Ich hoffe, ich habe damit einen geheimen Wunsch erfüllt."

Sie stellte die Platte ab, von der ein herrlich würziger Duft aus Kräutern und Knoblauch aufstieg. Dazu gab es Reis.

„Ja, Biggi, das haben Sie. Ihr wunderbares Fernsehrezept – und jetzt kochen Sie es für mich allein." Seine Fettlippen verfehlten knapp ihre Hand.

„Ich glaube, das wird nicht nur ein kulinarischer Höhepunkt ..."

Brigitta lächelte diabolisch. „Höhepunkte können aber auch gefährlich sein. So mancher hat einen Orgasmus schon mit dem Leben bezahlt."

„Na, das sind wohl eher Legenden." Rainer Rieken lockerte die Krawatte. Er schob sich das helle Fleisch in den Mund und kaute genüsslich. „So etwas Weiches, Köstliches, Zartes!"

„Zander ist übrigens ein Raubfisch!"

„Ja, stimmt." Der beleibte Begehrer legte Augen rollende Wildheit in seinen Blick, als seine Atmung plötzlich in ein röhrendes Keuchen überging. Die dicken Lippen schnappten nach Luft.

Brigitta betrachtete ihn interessiert. Wie ein Fisch auf dem Trockenen, dachte sie. Allerdings ein ziemlich plumper Fisch und alles andere als ein eleganter Zander. Aus jeder Pore dampfte inzwischen Schweiß, angeheizt durch Pfefferschoten und Knoblauch, die Gesichtsröte hatte sich noch vertieft. Taumelnd erhob er sich, und nun musste sie ja wohl in Aktion treten.

„Was haben Sie denn? Kann ich Ihnen irgendwie helfen?"

Schwindel, Übelkeit, er müsse sofort ins Bad ...

„Das Bad ist unten." Ihn stützend, schob sie ihn zur Treppe. In panischem Klammergriff hielt er sie fest. Mein Gott, er würde sie mit sich reißen! Mit letzter Kraft befreite sie sich und versetzte ihm im Losreißen einen kräftigen Stoß. Sie wandte sich ab, als er die steile Treppe hinunterstürzte und reglos liegen blieb.

Sie wusste nicht, wie lange sie in der Stille gewartet hatte. Endlich stieg sie zu dem Koloss hinunter und fühlte den Puls. Der berühmte Fernsehkoch Rainer Rieken war tot.

Sie lief wieder hinauf und eilte zu dem Silbertablett mit den Pralinen. Keine der abgezählten zwanzig Stück hatte er angerührt. Eigentlich schade. Nun war das Gift, das sie eigenhändig an die selbst gemachten Pralinen gegeben hatte, gar nicht zum Einsatz gekommen. Dabei sollte es das krönende Finale werden. Sie selbst hätte nur von den wenigen ungiftigen, mit weißem Guss markierten gegessen. Nein, ein Menü ohne Dessert konnte man nicht als vollkommen bezeichnen. Aber nobody is perfect. Dafür gelang es ihr, das süße Gift noch vor dem Eintreffen des Notarztes zu beseitigen.

Polizeiliche Ermittlungen blieben nicht aus, dafür war der Fall doch zu mysteriös. Brigitta Hansen hatte allerdings nichts zu befürchten. Den Sachverhalt konnte sie im „Hamburger Abendblatt" lesen: „Bei einem Diner im Hause der TV-Köchin Brigitta Hansen, Gastgeberin der Sendung ‚Komm, koch mit mir', erlitt Rainer Rieken, der bekannte Fisch-Experte, Autor und Gastronom, bei einem Treppensturz tödliche Verletzungen. In den Taschen des Toten fand die Polizei eine Schachtel mit dem Potenzmittel Uprima. Eine Überdosis der Tabletten hatten Schwindel und Übelkeit verursacht, die zu dem verhängnisvollen Unfall führten."

Brigitta Hansen, „die Queen der Fischküche", ließ die Zeitung sinken und goss sich einen Bordeaux ein. Sie griff nach dem Präsent, das ihr Rainer Rieken überreicht hatte, und probierte ein paar Pralinen. Igitt, die schmeckten aber muffig, ja geradezu bitter. War wohl schon etwas abgelagert, was ihr der alte Geizhals da mitgebracht hatte ...

TÖDLICHES GASTSPIEL

Er hatte sie einfach mit nach Hause gebracht. Klaus, mein herzensguter Mann, hatte sie quasi meinen treusorgenden, patenten Händen anvertraut. Er hatte sie noch schnell in meinen hochlehnigen Relax-Sessel bugsiert, dann war er über den Flur in die Praxis zurückgeeilt, wo unsere betagten Dauerpatienten wie immer schon begierig auf ihn warteten.

Und da lag sie nun, die Hand an die Stirn gepresst, zirka zweiundzwanzig Jahre jung und ziemlich hübsch, wie ich feststellen musste. Was heißt hübsch: Sie war schön. Schön wie – verflixtnochmal, warum fiel mir jetzt die passende Schauspielerin nicht ein. Schön wie – doch, ich hab's – schön wie Nastassja Kinski hoch zehn. Ich starrte sie an. Eine Porzellanhaut und türkisblaue, wenn auch leicht umschattete Augen, konstatierte ich. Unter langen Wimpern hervor sandte sie mir einen flehenden und zugleich lauernden Blick.

Zuerst war mir nur ihre blutige Stirnwunde aufgefallen, die wie ein Stigma aus ihrem engelhaften Gesicht hervorgeklafft hatte und die von Klaus natürlich gleich versorgt worden war.

„Stell' dir vor", hatte mein Mann zu mir gesagt, „sie ist auf offener Straße von ihrem Freund niedergeschlagen worden. Was für ein Glück, dass ich kurz darauf dort vorbeigekommen bin ... Sie fühlt sich noch etwas schwindelig, am besten, du kümmerst dich noch ein wenig um sie." Mit diesen Worten hatte er sie zu mir ins Wohnzimmer geschoben. „Also, man schämt sich für sein eigenes Geschlecht", hatte er noch hinzugefügt und kummervoll den Kopf geschüttelt.

Die junge Schöne sah mich unter halbgeschlossenen Lidern an und lächelte schwach. „Danke für Ihre Hilfe", flüsterte sie.

„Das ist doch selbstverständlich", erwiderte ich und meinte es auch so. Wie gesagt, Klaus ist ein herzensguter Mensch, und ich versuche stets, es ihm gleichzutun. Das habe ich auch bitter nötig, denn in meinem Gesicht prangt eine Knollennase, und außerdem bewege ich mich auf stämmigen, etwas O-förmigen Beinen durch die Welt. Ich habe zwar eine Modezeitschrift abonniert, ich mache auch ständig das Beste aus meinem Typ, aber es lässt sich nun mal nicht leugnen: Mit seinen schlanken einsachtzig und dem dichten Blondhaar ist Klaus der attraktivere Teil von uns beiden. Dafür habe ich meinen Charakter systematisch zum Guten entwickelt. Ein richtiges Geheimrezept ist meine unerschütterliche Lebensfreude, mit der ich nicht nur Klaus, sondern auch sämtliche Patienten

– ich möchte fast sagen – magnetisch anziehe. Also, bei mir ist das Glas immer halb voll statt halb leer, wenn Sie verstehen, was ich meine ...

Klar, dass ich nun auch dieses arme misshandelte Mädchen erst mal mit heißem Tee und Schnittchen aufpäppelte. Es kam dann auch erstaunlich schnell wieder in Form – Jugend eben. Mit meinen vierzig Jahren hätte ich da sicher länger gebraucht. Aber dann beging ich leider einen entscheidenden Fehler, indem ich unseren Kleinen aus dem Bettchen holte und ihr sozusagen vorführte. Ich bin eben mordsstolz auf unseren Danny, und ich habe wohl auch gedacht, es ist eine Ablenkung für sie. War es dann ja auch, und was für eine! Hastdunichtgesehen hatte sie den Kleinen in die Luft gehoben, und der juchzte und krähte und sah mit seinen wasserblauen Knopfaugen unverwandt auf ihre großen Türkis-Augen.

„Wie schön, es geht Ihnen wieder gut!" Mein Mann war hereingekommen. „Wir werden Ihnen jetzt ein Taxi rufen und – wo wohnen Sie eigentlich? Bei Ihren Eltern?"

Die junge Schöne – „Nennen Sie mich doch einfach Marita!" – also Marita zog sich tiefer in meinen Ohrensessel zurück und umschlang ihre gut geformten Brüste. Ihr Blick flatterte in diverse Richtungen.

„Ich – ich – "

„Ja?", fragte mein Mann.

„Ich – ich – lebe mit meinem Freund zusammen."

„Was, mit so einem Schläger? Dorthin können Sie natürlich auf keinen Fall zurück. Außerdem müssen Sie Anzeige erstatten", sagte Klaus.

„Ja, unbedingt", fügte ich hinzu, meinte aber mehr die Anzeige.

Marita hatte den Kopf gesenkt und eine Hand über die Augen gelegt. Sie linste ängstlich zu Klaus empor. Als sich ratloses Schweigen ausgebreitet hatte, sagte sie mit plötzlich dünn gewordenem Stimmchen: „Ich könnte in ein Frauenhaus gehen. Oder zur Bahnhofsmission. Oder" – ihr Gesicht hellte sich auf –, „ich gehe zu einem Pfarrhaus. Ein Pfarrer muss einen doch nehmen, schon aus Christenpflicht."

„Ein Arzt aber auch", sagte Klaus und mir schien, dass er ein klein wenig gekränkt aussah.

Gar nicht so dumm, die Kleine, dachte ich. In dem Moment blickte Klaus zu mir herüber und sagte: „Ich schlage vor, Fräulein Marita schläft heute Nacht in unserem Gästezimmer, und morgen sehen wir weiter. Was meinst du, Liebes?"

„Gute Idee", murmelte ich und verschwand sofort, um alles herzurichten und dem Fräulein Marita ein paar T-Shirts zusammenzusuchen.

Im Ehebett plauderten wir dann noch ein bisschen miteinander. Klaus meinte, dass Marita ein ausnehmend hübsches Mädchen sei, geradezu überirdisch schön, der liebe Gott müsse da einen besonders guten Schöpfungstag gehabt haben.

„Ihre dicken Brüste finde ich eigentlich eher irdisch", warf ich ein. Klaus überhörte es und fuhr fort: „Und dann ist sie auch noch arbeitslos. Misshandelt, arbeits- und heimatlos." In seiner Stimme schwang jetzt eine Begeisterung mit, wie sie nur eine große, erfüllende Aufgabe auslösen kann. „Ich finde, wir sollten sie als Babysitter einstellen. Du hast mir doch gerade selbst erzählt, wie wunderbar sie mit dem Kleinen umgehen kann. Und für dich wäre es eine Entlastung."

„Aber wir wissen doch gar nichts über sie."

„Das holen wir noch nach. Also, abgemacht, Liebes?"

„Na gut." Ich sah mich plötzlich nach Jahren wieder in einer Wellness-Oase planschen, eine leise hantierende Kosmetikerin strich mir eine Aprikosencreme aufs Gesicht, und danach wagte ich mich endlich zu „Hautnah", um mir dort die schärfsten Dessous auszusuchen.

In dieser Nacht verführte ich Klaus mit einer Leidenschaft, die ich selbst beängstigend fand.

Marita hatte unser Angebot wie erwartet angenommen. „Oh, danke, danke, danke, Herr Doktor." Sie hauchte meinem Mann einen Kuss auf die Wange. „Das darf ich doch, oder?" fragte sie mich neckisch. Ich sagte nichts. Möglich, dass ich etwas grimmig dreingeschaut hab. Egal. Hauptsache, sie kam mit Danny klar. Und das kam sie, wie sich in den nächsten Wochen herausstellte. Die beiden verstanden sich wirklich gut. Zu gut, fand ich. Warum war der Kleine nur so quengelig, wenn ich ihn auf den Arm nehmen wollte? Warum entwand er sich aufbäumend meinem Griff und streckte seine Ärmchen sofort nach Marita aus? Hier ist uns kein Engel, sondern ein Teufel ins Nest gefallen, durchzuckte es mich.

Komisch, dass es mit meiner berühmten Lebensfreude, mit der ich die Leute so magnetisch anziehe, jetzt plötzlich rapide abwärts ging. Klaus stellte neulich fest, dass sich bei mir eine verdrießliche Stirnfalte gebildet hätte und das, wo doch jetzt Marita unser Haus mit soviel Sonnenschein erfülle. Vielleicht bin ich einfach zu kleinlich, überlegte ich. Ist es denn wirklich so schlimm, wenn dieses arme kleine Ding in unserem Schlafzimmer sitzt, meinen seidenen Morgenmantel über ihren drallen Kurven so richtig toll aussehen lässt, sich mit meinem „Chanel N° 5" umnebelt und ihre blonden Loreley-Locken mit meinem Schildpatt-Kamm zu bändigen versucht? Natürlich ist es schlimm, verflucht nochmal, es ist sogar das allerletzte. Und das habe ich ihr in ein paar scharfen Zischbemerkungen auch deutlich zu verstehen gegeben. Da hat sie nur erschreckt ihre Türkis-Augen aufgerissen, wie Unschuldsengel das eben so tun, und unter lachhaften Ausreden den Rückzug angetreten. Was sie aber nicht daran hinderte, am nächsten Tag die Badezimmertür aufzulassen und in der Wanne ihren Körper eine geschlagene Stunde Zentimeter für Zentimeter einzuölen. Und – was für ein wundersames Timing – als sie dann endlich in die Vertikale kam, genau da tappste ihr mein Mann entgegen.

„Wirklich, sie ist ein großes Kind", schmunzelte mein Mann.

Dieses Kind ist entschieden zu lästig, dachte ich. Soweit es an mir läge, würden seine Tage gezählt sein.

„Ist dir eigentlich klar, dass sie Drogen nimmt?", sagte ich zu Klaus. „Die Einstiche hast du ja wohl gesehen."

„Marita hat mir alles erzählt. Sie nimmt keine Drogen mehr, sie ist jetzt auf Methadon gesetzt. Du wirst sehen, sie wird wieder auf den richtigen Weg kommen." Mein Mann lächelte so zufrieden wie lange nicht mehr.

Ich schwieg. Nein, gegen dieses penetrante Samaritertum würde ich jetzt nicht ankommen. Aber konnte er wirklich so fahrlässig und naiv sein, unseren Danny diesem vollgepumpten Rauschengel auszusetzen? War ihr deshalb immer so schwindelig, dass sie sich bei jeder Gelegenheit mit ihren sexy Pfunden hilfesuchend an meinen Mann lehnte? „Ach was", hatte Klaus gesagt, „das sind nur noch ein paar Nachwirkungen von ihrer Kopfverletzung."

Es ging jetzt um Danny. Ich musste ihn beschützen. Sollte das Luder doch ruhig unter den Brücken schlafen. Aber wie konnte ich sie loswerden? Inzwischen war sie zu einer festen Größe an unserem Mittagstisch geworden, wo ich ihr die Suppe auflöffeln durfte, und, noch schlimmer: Angetan mit einem po-kurzen weißen Kittelchen, half sie nun auch regelmäßig in der Praxis aus.

„Sie hat eine natürliche Intelligenz", schwärmte Klaus.

„Du meinst wohl Körperintelligenz", höhnte ich, stieß aber auf taube Ohren.

Es musste also sein. Sie musste weg. „Ich gebe Ihnen vier Tage Zeit, um Ihre Sachen zu packen und zu verschwinden", sagte ich knapp. Ich bin nun mal nicht so edel, hilfreich und gut wie Klaus. Marita lehnte mit verschränkten Armen an der Tür und sah auf mich hinunter. „Ich glaube nicht, dass das Ihrem Mann gefallen wird", erwiderte sie kühl. „Haben Sie noch nicht bemerkt, wie sehr Klaus mich braucht?"

Wie bitte? Was hörte ich da, sie sagte „Klaus"? Jetzt reichte es aber. „Raus", schrie ich. „Raus!!!"

„Wie Sie meinen, Frau Doktor." Sie tänzelte davon.

Obwohl ich meine Wut nur unter Anspannung aller Kräfte unter Kontrolle halten konnte, zwang ich mich, die vier Tage noch abzuwarten. Aber ich hätte es mir ja denken können: Das Fräulein Marita dachte gar nicht daran, das Feld zu räumen. In ihr Gesicht hatte sich inzwischen ein triumphierendes Grinsen gegraben, das an ihren Wegschnapp-Absichten keinen Zweifel mehr ließ. Aber nicht mit mir! Mein Plan war schnell gefasst. Arztfrau zu sein kann eben, bei aller Gratisarbeit, auch ein unschätzbarer Vorteil sein. Das Giftarsenal lag vor mir, ich brauchte nur noch zu wählen. Sollte ich es mit Zyanid, Digitoxin oder lieber mit Laudanum machen? Ihr Schwindel – ha, Schwindel ist übrigens ein gutes Wort –, also ihr Schwindel würde eben diesmal ein tödlicher werden, und Klaus

selbst würde ganz legal und befugt den Totenschein ausstellen.

„Ich bin jetzt mal ein paar Stunden zum Einkau-
fen", sagte ich zu Klaus, und das war nicht über-
trieben. Vorsorglich wollte ich mir schon mal ein
Festmenü zusammenstellen.

Es ging dann aber schneller, als ich dachte, und ich
war noch vor der Sprechstunde zurück. Als ich die
Tür zur Praxis aufstieß, traf mich der Mega-
Schock: Das Flittchen saß bei Klaus auf dem
Schoß und schleckte ihm gerade das Gesicht ab,
ihr dicker Busen war schon freigelegt ...

Reflexartig stürzte ich auf die Verschlungenen zu
und klatschte erst ihr und dann ihm rechts und
links ein paar Ohrfeigen herunter. Rückwärts tau-
melte ich zur Tür, sah noch, wie Klaus mit hochro-
tem Kopf sein zerzaustes Blondhaar glattstrich,
drehte mich etwas um, stolperte – und hörte meinen eigenen schrecklichen Schrei. Mit der Stirn
war ich hart auf den Boden geknallt. Was da gelegen hatte, weiß ich bis heute nicht. Ich empfand
nur, dass man mich wegtrug, dann schwanden mir
die Sinne.

Im Ehebett fand ich mich wieder. Furchtbare Kopf-
schmerzen drückten mir den Schädel zusammen.
Klaus saß auf der Bettkante und strich mir über die
Hand.

„Du hast eine Gehirnerschütterung, Liebes. Ein paar Tage völlige Ruhe, und du bist wieder auf den Beinen. Marita wird dich solange versorgen."
Ich schüttelte den Kopf, hielt aber mit einem Schmerzensschrei gleich wieder inne. Dann ergab ich mich erneut dem Schlaf. Der falsche Klang einer Schmeichelstimme weckte mich – das kleine Luder!
„Hier, Frau Doktor, ein heißer Tee, das wird Ihnen guttun." Sie setzte die Tasse ab und verschwand.
Ich hatte jetzt wirklich mächtigen Durst und nahm ein paar Schlucke. Igitt! Warum schmeckte das Zeug denn so schneidend bitter? Ich versank wieder in ein Dämmern und sah mich zusammengekrampft auf dem Boden liegen, Schaum vor dem Mund, ich kämpfte und kämpfte röchelnd um Luft, während mir zwei wohlbekannte Gestalten gespannt zusahen ...
Schreiend erwachte ich. Ich lebte doch noch. Zur Sicherheit griff ich nach meinem Handspiegel und wagte einen ersten Blick. Ein Stirnverband! Vorsichtig löste ich ihn. Seltsam, ich hatte genau die gleiche Stirnwunde wie seinerzeit unser unerwünschter Gast. Aber im Engelsgesicht meiner Nebenbuhlerin hatte sie wie ein dekorativer Makel ausgesehen, während sie bei mir, in der Nachbarschaft einer Knollennase, nur wie eine Verunstal-

tung wirkte. Erneut packte mich die Wut, und tatsächlich machte mich die Wut in drei Tagen gesund. Also auf ein Neues, auf zum letzten Gefecht!
Als wir die Tote auf ihrem Bett im Gästezimmer entdeckten, lag sie da, als wenn sie schliefe. Klaus war fassungslos, und in seinem Gesicht spiegelte sich das blanke Entsetzen. Er blickte mich an.
„Was hast du getan?", stammelte er. „Was hast du mit ihr gemacht?"
„Nichts. Wieso ich? Bist du jetzt völlig übergeschnappt?"
Na, wir riefen dann die Polizei, man stellte uns Fragen, und ein fremder Arzt kümmerte sich um den Totenschein. Danach wurde die kalte Schöne abtransportiert.
Wir haben dann die ganze Sache praktisch aus der Zeitung erfahren. In das Gästezimmer im Erdgeschoss, das in einem entfernten Trakt unseres Hauses liegt, war regelmäßig der Freund unseres sexy Engels eingestiegen, ja genau, dieser Schlägertyp. Er hatte gebettelt und gedroht, er wollte sie unbedingt zurückhaben. Aber sie hatte sich geweigert. Sie hatte sich ja, wie wir inzwischen wissen, Hoffnungen auf meinen Klaus gemacht. Diese Weigerung war ihr dann schließlich sehr schlecht bekommen. Bei seinem letzten Besuch hatte der Rasende ihr mitten ins Herz gestochen, sein Springmesser

rausgezogen und eingesteckt, und sie dann mit unserer hübschen Decke mit dem Röschenmuster wieder zugedeckt. Ja, so kann's gehen ...

Für meinen Klaus und mich war damit ein ziemlich strapaziöses Gastspiel gottlob zu Ende. Ich weiß noch, wie ich am selben Tag auf Klaus' Schoß rutschte und ihn heftig abküsste.

„Sag' mir etwas", bat ich ihn. „Bitte sag' mir etwas."

„Ich liebe dich, mein Liebes", erwiderte mein Mann.

Ja, damit muss man eben zufrieden sein. Natürlich wäre es noch toller gewesen, wenn er zum Beispiel „mein kleines sinnliches Monster" oder gar „mein aufregender schöner Engel" gesagt hätte.

ACHT TAGE BIS ZUR EWIGKEIT

Nur noch acht Tage. Dann wird es mich nicht mehr geben. Am 10. Juni werde ich Selbstmord begehen. Am Todestag meines Kindes. Nein, ich muss es genauer sagen, so präzise brutal, wie es wirklich war: am Tag, als mein Kind ermordet wurde. Meine Freunde wissen nichts von meinem Plan – dennoch, das Datum erfüllt sie mit Sorge. Zumindest fühlen sie sich unbehaglich. Weil es dann, wie jedes Jahr, wieder in der Zeitung steht. Immer die gleiche, neun mal neun Zentimeter große Anzeige: Das Liebste wurde mir genommen – durch eine grausame, sinnlose Tat. Martina Bruhns 4. Oktober 1970 – 10. Juni 2000. Neun Mal diese Anzeige. Ich bin achtundsechzig. Ich werde mich verabschieden. Es gibt jetzt eine spezielle, gefahrlose Methode ...

Seit ich mich entschlossen habe, fühle ich mich seltsam leicht. Geradezu euphorisch. Es ist wie eine Verheißung. Als sei ich ein Kind, das auf Weihnachten wartet. Tinas rote Tasche steht vor mir auf dem Korbstuhl. Es ist die, die sie am Mordtag bei sich hatte. Die Tasche zieht mich zu ihr, sozusagen himmelwärts, weg von hier, wo mich nichts mehr hält. Ob wir uns dort oben wiedersehen? Ein Mann, jung wie Tina selbst, hat unser Band zerrissen. Ihm und seiner Familie werde ich das nie verzeihen.

Dieser Tötungsapparat, es war grad' in der Zeitung, der fasziniert mich. Konstruiert hat ihn Herbert Stölting, Ingenieur und Leiter des neuen Sterbehilfe-Vereins „Exitus humanus". Stölting will und wird mir helfen. Nein, ich kann das nicht: mich vor einen Zug werfen oder von einem Hochhaus stürzen. Sicher und schmerzlos soll es sein. Schade, dass ich auf Flori nicht zählen kann. Doktor Florian Wilke. Mein Leibarzt und Lebensfreund. Mein reizender alter Teddybär. „Ich tue alles für dich", sagt Flori wieder und wieder. Und das stimmt sogar. Aber meinen großen, allerletzten Wunsch, den will er nicht erfüllen. Ich hatte es schriftlich gemacht, ihm mein Recht zu sterben logisch und unwiderlegbar begründet. Sprechen kann ich ja nicht mehr. Seit dem Mordtag, vielmehr: seit der Beerdigung ist meine Stimme verstummt. Mutismus nennen es die Mediziner.

Ja, wenn sie bis zum Hals hinauf gelähmt wäre. Oder wenn sie ALS hätte, der Atemmuskel versagt, der Mensch droht zu ersticken. Dann wäre ich wohl schwach geworden, hätte meinen hippokratischen Eid zu ihren Gunsten ausgelegt. Hätte ihr geholfen, leichter in den Tod zu finden. Schon aus Barmherzigkeit. Und weil ich sie liebe.

Aber Laura ist gesund. Ihre einzige Krankheit ist ihr Schmerz. Daran hält sie fest, mit einer stählernen Energie, die so gar nicht zu ihrer zarten, noch immer mädchenhaften Schönheit passt. Sie ist dünn geworden, das Gesicht wie ausgelöscht von ihren Augen. Die Augen – zwei große, dunkle Schmetterlinge.

Laura verweigert jedes Verzeihen. Was kann die Familie dafür, dass der Sohn so etwas Schreckliches getan hat? Aber Laura kann nicht mehr sprechen. Weil sie nicht sprechen will. So tauschen wir SMS oder Zettelchen aus.

Herbert Stölting, dieser mediengeile Narzisst, der soll sie also umbringen. Ich korrigiere mich: Er soll ihr assistieren. Laura findet, dass er gut aussieht. Aber davon wird sie im Fall des Falles ja nichts mehr haben. „Das Ganze geht schief", habe ich gesagt. „Von Medizin hat er keine Ahnung. Du wirst ganz schlimme Krämpfe kriegen. Zwanzig Minuten Todeskampf. Willst du das wirklich?"

„Das stimmt nicht!" Erregt hat sie die Zeilen aufs Papier geworfen. „Man driftet weg, man spürt überhaupt nichts! Und kehrt garantiert nicht mehr zurück. Das ist alles."

Darauf habe ich geschwiegen. Was sie auch tun mag: Ich werde sie nicht allein lassen.

Fünf Tage noch. Meine Augen sind geschlossen. Eben habe ich das alles noch gesehen: das kleine Café mit Terrasse, Menschen vor bunten Gemüseständen, die Zeitung in meiner Hand, die schwarzen Pumps im Schaufenster ... diese Welt, die bald nicht mehr sein wird. Vielleicht nicht schade drum. Warum bin ich dann so traurig? Mode habe ich immer geliebt. Und die Zeit, als ich noch Model war. „Das Gesicht" einer großen Kosmetikfirma. Tina hat meine Schönheit geerbt. Sie ist ... sie war nicht nur schön, sie war brillant. Von brillanter Intelligenz, ihre Karriere als Juristin hatte gerade erst begonnen. Dieser Mann hat nicht nur sie getötet. Er hat auch mich getötet. Meine Seele ist bereits tot, ich hasse ihn. „Der Mann ist selbst ein Opfer", sagt Flori. „Du kannst ihn doch nicht Mörder nennen."
Ich denke oft an diese Sanduhr-Zeichnung, ich weiß nicht mehr, von wem sie stammt: Kleine Menschen purzeln im Glas, purzeln zu auf die verengte Mitte, unten kommen sie an als Totenköpfchen. Warum noch warten? Ich bin so müde. Ich bemerke sehr wohl, dass Flori verzweifelt ist, aber darauf kann ich keine Rücksicht nehmen.

Lauras Schmerz ist egomanisch. Wenn sie sich mit der Familie des jungen Mannes versöhnen würde, dann könnte sie sich mit dem Leben selbst versöhnen. Aber sie blockt ab, kriecht stumm in sich hinein, ihr Schmerz ist ihr heilig. Ich habe keine eigenen Kinder, kann da vielleicht nicht mitreden. Doch eines weiß ich: Ich hätte alles, aber auch alles über die Tat erfahren wollen. Hätte die „Mörderfamilie" bestimmt auch aufgesucht.

In der Zeitung wurde dann nach und nach über die Hintergründe berichtet. Ich habe jeden Artikel gelesen und aufgehoben. Wirklich traurigste, ärmlichste Verhältnisse. Ein kleines, rotes Backsteinhaus. Da hat der junge Mann, er hieß Björn, mit seiner Mutter und zwei Tanten gelebt. Der Vater schon früh abgehauen, die Mutter geht putzen, wird mit dem Sohn einfach nicht fertig. Der schafft mit Mühe die Hauptschule. Danach keine Perspektive. Drogen, Alkohol, Aushilfsjobs. Seine Freundin verlässt ihn. Eine Freude hat er: Björn mag Autos. Seinen Uralt-Opel frisiert er liebevoll zurecht. Mit dem Auto ist er in den Tod gefahren. Er war das einzige Kind seiner Eltern. Ich finde, man muss auch dieser Mutter kondolieren.

Noch drei Tage. Es wird in einer Villa passieren. Renovierter Jugendstil, wirklich schön. Dort hat

„Exitus humanus" seine Geschäftsräume, und dort ist auch der „Einschlafraum" mit einem Tisch und mit dem Tötungsapparat darauf. „Selbsttötungsmaschine", betont Herbert Stölting, er hat offenbar permanent Angst, dass man ihn juristisch noch dran kriegen könnte.

Er hat mir alles vorgeführt. Das Gerät – nicht größer als ein halber Schuhkarton – ist grün. Genau wie die Einrichtung. Bettwäsche, Vorhänge, alles Ton-in-Ton in frischem Wiesengrün. Grün – Symbol der Hoffnung. Böswillige würden von Giftgrün sprechen. In der Tat tritt der Tod durch Vergiften ein. Mit einem Knopfdruck setzt der Kandidat die verkabelte Maschine selbst in Gang. Dann fließen aus zwei Spritzen jeweils 20 Milliliter Narkosemittel und kurz darauf das tödlich wirkende Kaliumchlorid in die Venen. Vorher legt ein Arzt die Kanüle. Er habe da jemanden an der Hand, hat mir Stölting erklärt. Ich sei schließlich nicht die erste Patientin. „Patientin", hat er gesagt.

„Wie lange dauert es?", schreibe ich ihm auf.

„Vier Minuten. Maximal. Das Verfahren ist todsicher – äh –, es funktioniert zu hundert Prozent."

Stölting ist Ingenieur. Seine Sachlichkeit gefällt mir. Ich bin erleichtert, dass er keinerlei Versuche macht, mich von meinem Vorhaben abzubringen.

Er ist Mitte fünfzig. Ein gut geschnittenes Gesicht, volle graue Haare. Nur die Augen ... nein, nicht kühl oder distanziert, das würde mich gar nicht mal stören. Dunkel intensiv, obwohl sie blau sind, der Blick immer flackernd. Irgendwie manisch. Er muss ein Besessener sein. Besessen von seiner Suizid-Mission.
Das kann mir egal sein. Stölting ist meine einzige Chance.

Als die Nachricht kam, dass Martina tot ist, saß ich mit Laura beim Tee. Am Couchtisch in ihrer Wohnung. Tina war an diesem Tag auf der A 24 unterwegs. Auf der Rückfahrt von einem Juristen-Kongress in Berlin. Ab 17 Uhr, daran erinnere ich mich genau, hat Laura im Minutentakt auf ihre Uhr geschaut. Das war Gesetz bei ihnen: Wenn eine unterwegs ist, ruft sie nach der Ankunft an. Zwischen 17 und 18 Uhr hätte das Telefon läuten müssen. Es läutete nicht.
„Sie steckt im Stau“, sage ich.
„Wenn Mäuschen nicht anruft, ist etwas passiert.“ Schon in diesem Moment muss sie es gewusst haben. Sie greift zum Telefon, es fällt ihr zu Boden.
Ich hebe es auf, wähle Martinas Handy-Nummer.
„Dieser Anruf ist vorübergehend nicht erreichbar“, meldet eine Stimme.

Zwei Stunden später steht ein Polizist im Raum. Martina ist tot. Später erfahren wir: Ein arbeitsloser, drogenabhängiger junger Mann, er heißt Björn Eggert, war auf die Autobahn gefahren, hatte plötzlich gewendet und war, über mehrere Kilometer hin, mit Vollgas auf Tina zugerast. Drei Autos hatte er bei seiner Selbstmordfahrt gestreift. Es hätte jeden treffen können.

Björn Eggert ist sofort tot. Martina Bruhns ist sofort tot. Zufall? Schicksal? Für Laura leere Worte. Nach dem Zusammenbruch, etwas später, als der Sarg versenkt war, ist meine Freundin verstummt. Psychoreaktive Sprechstörung. So nenne ich es als Arzt. Aber das hilft uns nicht.

Noch ein Tag. Und noch eine Nacht. Mein letztes Erwachen zu den immergleichen Gedanken. Flori wird mich begleiten. Er wirkt jetzt erstaunlich ruhig. Ich denke, er hat sich mit der Sache abgefunden. Er wird mich beim Finale nicht allein lassen. Ein großartiger Mann, ich bewundere ihn.

Die Uhr läuft ab. Laura wiegt sich in Sicherheit, glaubt, dass ihr Wunsch erfüllt wird, glaubt, dass die Suizid-Gehilfen zuverlässig mitspielen: Herbert Stölting, der ihr Ableben filmen will, der so genannte Arzt, der die Kanüle legen wird. Und ich, ihr Freund. Der Seelenfaktor im Todestrio. Morgen ist es soweit. Ich werde Laura mit dem Auto hinbringen.

Heute ist mein Sterbetag. Mir ist schlecht. Sämtliche Organfunktionen drehen bis zum Anschlag durch. Der Körper bäumt sich auf. Ich, Laura Bruhns – jetzt nur noch Kreatur. Und doch: Mein Geist ist klar. Alles ist ausgeblendet bis auf diesen schmalen, ganz geraden Weg. Flori wird mich gleich abholen.

Ich betrete mit Laura den Empfangsraum, lasse sie neben ein paar Palmen Platz nehmen. Ich erkenne Stölting sofort, er sieht genauso aus wie in der Zeitung, dünn, fast schmächtig, die Augen stechen wie Fackeln hervor. Er geht zu Laura, reicht dann mir die Hand, schaut mich an, als sei meine Freundin bereits verstorben. Aus einem Nebenzimmer tritt der avisierte Arzt. Tatsächlich weiß bekittelt, ein massiger Mittsechziger mit rot getönter Nase.
„Herr Doktor Meyer", stellt ihn Stölting vor. Er hätte auch Schmidt sagen können.
Bevor sie anfangen, muss ich mich orientieren.
„Wo ist dieser – Einschlafraum? Ich möchte ihn erst mal allein besichtigen."

„Bitte." Stölting wendet sich nach links, der Arzt eilt hinter ihm her. „Wenn die Kanüle gelegt ist, müssen wir drei sofort verschwinden! Juristische Gründe – Sie verstehen?"

„Ja, ja." Ich nicke Laura zu, die puppenhaft starr auf dem Korbsofa sitzt.

Das Altbau-Zimmer ist in Grün getaucht. Soll wohl beruhigen. Mitten im Raum steht das Bett, auf einem Beistelltisch das ebenfalls grüne Gerät mit seinen Spritzen und Verkabelungen. Einsam auf einem zweiten Tisch ein heller Marmor-Ascher.

„Für eine letzte Zigarette", sagt Stölting auf meinen Blick.

Fehlt nur noch die Henkersmahlzeit, denke ich.

Schräg von der Decke schaut das große Auge der Kamera auf uns herab.

„Sehr stilvoll", sage ich, und bei Stölting flammt ein eitles Lächeln auf. Der Todesarzt kippelt in seinen Sandalen. „Sehr schön", variiere ich. Wir kehren zurück in den Empfangsraum.

Lauras Blässe scheint sich noch vertieft zu haben. Sie erhebt sich, und der Leiter des Sterbevereins fasst nach ihrem Ellenbogen. Ich stütze sie von der anderen Seite. Gefolgt von Doktor Meyer, erreichen wir langsam das grüne Zimmer. Laura lässt sich auf dem Bett nieder.

„Gehen Sie ruhig hinaus", wende ich mich an Stölting. „Was jetzt kommt, ist Ärztewerk."

Stölting zögert. Der Stolz auf seine Erfindung drängt ihn vermutlich zum Bleiben, doch da ist wohl auch Angst. Angst, dass er am Ende im Gefängnis landet. Er schaut zu Laura. „Also, dann – auf Wiedersehen – ich meine: alles Gute für Sie!"

Er fixiert seinen Partner. „Gerhard, die Kamera – "

„Schalte ich ein", nickt der rotnasige Doktor.

Stölting verlässt den Raum, schließt feierlich die Tür.

Als sei es etwas Magisches, blickt Laura auf das Tötungsgerät. Ich nehme ihre Hand. „Ich bin bei dir!"

Der Arzt tritt mit der Kanüle heran, er greift nach Lauras Unterarm.

Es ist soweit. Ich reiße Laura vom Bett und stoße sie zu einem Stuhl. Ich öffne meine Business-Tasche, ziehe den schweren Hammer hervor. Mit meiner ganzen physischen Kraft lasse ich ihn niedersausen, auf das kleine grüne Gerät, ich höre, wie es dumpf und krachend aufschreit, doch es gibt noch nicht nach, und ich schlage weiter zu, wieder und wieder, bis es splitternd und berstend sein Inneres zeigt.

Eine kalte Wut führt meinen Arm. Soll mir jetzt niemand zu nahe kommen. Noch immer schwinge ich den Hammer, drehe mich im Radius einer tödlichen Entschlossenheit. Doch ich bezähme mich, ringe den Rausch, der aufkommt, nieder. Schemenhaft sehe ich den Arzt, versteinert im Rückzug an die Wand. Schemenhaft sehe ich Laura auf dem Stuhl kauern.

Ich lege den Hammer ab, reiße die Kabel heraus, fege die restlichen Trümmer vom Tisch. Je lauter, desto besser. Als beweise mir der Lärm, dass die Maschine nun wirklich tot ist.

Da stürzt Stölting herein. Ich hebe den Hammer auf – und fühle von hinten zwei breite Hände. Sie drücken zu, pressen mir die Luft ab, und wie von selbst entgleitet mir der Hammer.

„Meine Anlage, mein Gott, meine Anlage!", höre ich Stöltings hysterisch zerbrechende Stimme. „Verfluchter Kerl! Halt ihn fest, Gerhard, halt ihn fest, den mach ich fertig!"

Mir wird es dunkel vor den Augen. Plötzlich ein Schrei. Der Schrei einer weiblichen Stimme. Und diese Stimme ruft meinen Namen. Laura! Laura kann wieder sprechen! Ich glaube es nicht und glaube es doch, denn augenblicklich kehrt meine Kraft zurück, befreiend löst sich der Halsgriff. Habe ich es geschafft? Merkwürdig: Hinter mir sackt mit Wucht etwas zu Boden.

„Achtung!" Erneut Lauras Stimme. Wie eine wunderbare, längst vergessene Musik. Vor mir droht Stölting, und gerade noch kann ich den Fuß auf meinen Hammer stellen. Stölting ist ein schwächlicher Typ. Es fällt mir nicht schwer, ihn zu packen und in seinem Badezimmer einzuschließen.
Als ich zu Laura zurückkomme, steht sie noch an derselben Stelle. Wie eine Wächterin, zu ihren Füßen der massige Körper meines Angreifers.
„Damit?", frage ich und zeige auf den marmornen Ascher.
Sie nickt. „Danke", sage ich nur und atme tief durch.
Wir bemerken, dass Doktor Meyer sich regt und benommen an seinen Kopf greift. Ich rufe den Rettungswagen. Dann schalte ich die Kamera ab.

Ich kann wieder sprechen. Und ich kann wieder leben. Floris Schocktherapie hat ein wahres Wunder bewirkt. Von Stölting und Co. hört man nichts mehr. Keine Anzeige wegen Sachbeschädigung oder Körperverletzung. Sie haben zu viel zu vertuschen. Ihre zynischen Machenschaften und natürlich den Angriff. Flori hatte noch wochenlang die Würgespuren am Hals, wir haben sie fotografisch festgehalten. Flori hofft auf ein neues Gesetz, „da-

mit denen dieses makabre Handwerk endlich gelegt wird".
Wir gehen jetzt oft miteinander aus. Tina würde
das freuen. Sie hat ihren „Ersatzpapi" so sehr ge-
mocht.

DIE RACHE TRÄGT SCHWARZ

Aus ihrem Schatzkarton fischte Verkaufsberaterin Antje ein Spitzennichts in sündigem Can-Can-Rot heraus.

„Na, wie wär's denn damit? Nie, nie, nie sollte man sich als Frau aufgeben. Meine lieben Damen, wussten Sie, dass die amerikanische Filmschauspielerin Daisy Dalama erst mit siebzig ihren ersten Orgasmus hatte? Na, also!"

Die Besucherinnen der Dessous-Party, vom Spät-Girlie bis zur abgewelkten Endfünfzigerin, lauschten Frau Antje in hoffnungsvoller Erwartung. Ja, und auch ich gehörte dazu. Ein fettes, taillenloses Wabbelwesen, das mit seinen 52 Jahren zwar schon einige Orgasmen hinter sich hatte, nun aber mit seinem Selbstbewusstsein unter den Gefrierpunkt gesunken war. Heinzi, mein Ehemann, hatte seit Monaten unser Doppelbett nur noch zum Schlafen genutzt. Schlimmer noch: Das tägliche Menü samt Kerzenschein, das ich ihm seit 24 Jahren zuverlässig jeden Abend servierte, erkaltete in letzter Zeit ohne ihn. So blieb mir nichts anderes übrig, als seine Portionen mitzuessen, was mein Matronenformat natürlich noch stärker ausweitete. Versteht sich, dass ich mir auch den dazugehörigen Wein gleich zweimal zuführte, und so starrte mir eines Tages eine Tonne mit Tränensäcken aus dem Spiegel entgegen ...

Nein, es durfte einfach noch nicht zu spät sein. Zwar hatte ich noch nie eine Dessous-Party, sondern nur mal eine Tupper-Party mitgemacht, aber dann hatte ich all meinen Mut zusammengerafft und mich zu der vielversprechenden Wäscheschau angemeldet. Na, Heinzi würden bald die Augen übergehen!

Zuerst hatte ich ja ein bisschen Lampenfieber. So halbnackt mit fremden entblößten Frauen zusammenzusitzen, ist nicht ganz einfach. Aber als ich mir meine Konkurrenz dann näher anschaute, beruhigte ich mich ziemlich schnell und griff wie die anderen entspannt zu Sekt und Knabberkram. Die Rothaarige rechts von mir war bestimmt schon sechzig und hatte mindestens soviel Hüftgold angesetzt wie ich. Und die Schmollmund-Blondine, die sich mit Mona vorgestellt hatte, wirkte ja schon peinlich – einen Pferdeschwanz tragen, wenn der Hals ein einziger Faltenwurf ist! Die arrogant Blickende mit den brünetten Locken allerdings war ein perfekter Appetithappen, Anfang dreißig vielleicht, und im Dunstkreis von Ehefrauen mit Sicherheit der permanente Alarmauslöser. Ansonsten: Problemzonen, wohin man sah ...

„Alles ist möglich", sagte Frau Antje gerade, die in ihrem adretten Hemdblusenkleid als einzige angezogen war. Beherzt griff sie nach dem Mini-Busen der schüchternen jungen Sylvie und presste ihn von den Seiten her nach oben in den türkisfarbenen Push-up-BH, der mit seinen Luftkissen das dürftige Dekolleté im Nu auf wundersame Weise verdoppelte.

„Sehen Sie? Alles eine Sache der Verpackung."

„Mein Freund möchte aber, dass ich mich operieren lasse ..."

„Quatsch!", tönte es unisono von den Plüsch-Stühlen. „Der gehört aufgespießt, den werden wir uns mal vornehmen!"

„Und hier nun ein heißes Verführungsset im topaktuellen Animalprint" – Frau Antje hielt das Ensemble wie eine Trophäe hoch –, „das Richtige für die stärkere Oberweite." Sollte ich wild wie eine Tigerin meinen Heinzi zurückgewinnen? Zu spät. Wie auf Verabredung waren die Schmollmund-Blondine und das rothaarige „golden girl", Sektgläser noch in der Hand, schon nach vorn gestürzt.

„Aber meine lieben Damen, es ist genug für alle da. Mona, Sie fangen an!" Beleidigt tänzelte die Rothaarige zu ihrem Platz zurück.

Mona hatte ihre beachtlichen Kurven inzwischen in das Tanga-Set gepresst und wog anerkennend ihre Ballon-Brüste.

„Wow! Das wird meinen Alten ordentlich auf Touren bringen!"

„Wie alt ist denn Ihr Alter?", rief die knackige Brünette.

Mona spitzte überlegend ihren Schmollmund. „Es geht Sie zwar nichts an, aber er ist 74, also Jahrzehnte älter als ich."

„Na, dann passen Sie mal gut auf. ‚Eine junge Frau ist einem alten Mann das Kutschpferd zum Grabe‘, diesen Spruch haben Sie doch sicher schon mal gehört."

„Ja, eben ..." Mona schickte der Jüngeren einen herausfordernden Blick hinüber, während neben mir ein Mäuschen etwas wie „wahrscheinlich ein dickes Erbe" murmelte.

Die eindrucksvoll verwitterte Rothaarige, die Anita hieß, hatte sich inzwischen intensiver mit dem Sekt befreundet und trat als nächste auf. Das nachtschwarze Sex-Outfit, „explosiv wie Dynamit", stellte ihr Ego voll zufrieden und animierte sie, leicht schwankend ein Liedchen anzustimmen: „Männerr umschwirrn mich wie Mohotten das Licht ..." Unvermittelt kippten die rauchig vorgetragenen Worte allerdings in ein Schluchzen um, und Madame stieß nur noch „diese Schweine!“ hervor.

Ich hatte meinen Heinzi schon fast vergessen, als mich ein paar transparente Babydolls in meine bittere erotische Realität zurückholten. Die Dicken unter uns stürmten nach vorn und wurden nicht enttäuscht. Zarte Margeriten bedeckten unsere „Lustnippel“, wie Frau Antje die Dinger begeistert nannte, und wir fühlten uns wie die Sirenen persönlich.

„Die todsichere Aufrüstung in müden Ehenächten“, kommentierte Frau Antje.

„Vielleicht hat so ein Schlappschwanz ja schon längst eine Geliebte“, hörte ich jemanden sagen.

Plötzlich wurde mir schwindelig, und ich wankte zu meinem Plüsch-Stuhl zurück. Eine Geliebte, natürlich, das war's! Heinzi hatte eine Geliebte. Ich würde ihn so schnell wie möglich überführen ...

Die Revue der „allergewagtesten Dessous“, die Frau Antje als Höhepunkt – ja, Höhepunkt! – aus dem Karton zauberte, erlebte ich unter fortschreitender Alkoholeinwirkung. Jetzt konnte die brünette Iris ihren dreißig Jahre jungen Traumkörper vorführen. Sie wand sich in cooler Laszivität und naschte dabei noch Pralinen! „ ... später lässt sich der Schößchenbody im Schritt öffnen.“ Später?

Meine Hoffnung schwand. Wahrscheinlich würden Sahnetorten mein Schicksal besiegeln.

Ein Absacker als Abschluss kam nicht nur mir gelegen. Anita, die rothaarige Senioren-Beauty, war schon zu ihrem Auto geeilt und kam mit einem Arm voll Sektflaschen zurück. Sie, Mona, Iris, Sylvie und ich, die als „harter Kern" geblieben waren, schenkten sich ein. Auch Frau Antje konnte jetzt was gebrauchen.

„Eigentlich sind Männer das Letzte", sagte Anita und spülte ihren Sekt runter. „Man sollte das ganze Geschlecht ausrotten."

Und dann legte sie los. Sie sei dreimal verwitwet, immer mit einem beträchtlichen Plus herausgekommen, und nun zahle sie bei den Männern plötzlich drauf. 4000 Euro habe sie ihrem neuen Bräutigam geliehen, aber weder von ihm noch von dem Geld wieder was gehört. Wir waren uns einig: ein klarer Fall von Heiratsschwindel. Dem Kerl würden wir die Moneten so schnell wie möglich wieder abjagen und ihm einen unvergesslichen Denkzettel verpassen. Frauensolidarität! Auch die zarte Sylvie wurde mitgerissen und erklärte, ihren Busenfetischisten endlich in die Wüste zu schicken.

„Neulich waren wir in einer Rubens-Ausstellung. Da zeigte er auf ein Bild und sagte: *So* muss eine Frau aussehen!"

Keine Frage, auch dieser Typ kam auf die „Schwarze Liste". Mona rückte nun damit heraus, dass sie liebend gern zur „lustigen Witwe" würde, es im Alleingang aber wohl nicht schaffen könnte. Selbstverständlich sagten wir ihr unsere tatkräftige Hilfe zu. Iris irritierte uns erst etwas, als sie von ihrer „traumhaften Beziehung" sprach, einem Manager bei „Teleglobe", Porschefahrer, sehr spendabel und so, aber schließlich musste sie zugeben, dass der Mann noch nicht ganz geschieden sei und sie das Warten nach nunmehr drei Jahren doch etwas verdrießlich mache. Auch der Porschefahrer würde nach unserem Feldzug nicht mehr der sein, der er war.

Nun kam ich an die Reihe, mich männermäßig zu outen. Da mein Fall – Heiratsstatus bei totaler sexueller Vernachlässigung – als besonders schwierig eingestuft wurde, sollte er bei der Aktion an letzter Stelle stehen. Wir umarmten uns euphorisch und versicherten der beunruhigten Frau Antje, dass wir auch weiterhin Dessous bei ihr kaufen würden – ja, jetzt erst recht!

Einige Tage später hatten wir in Sylvies Wohnung unser entscheidendes Gipfeltreffen. Inzwischen waren auch die Hand- und Fußfesseln aus einem bekannten Versandhaus bei uns eingetroffen.

Sylvie hatte sich mit ihrem Jung-Macho, mit einer „Überraschung" winkend, in einem Hotel verabredet. Zu fünft brausten wir in Monas Jeep unserem Racheziel entgegen, unter unseren Mänteln nur angetan mit Strapsen und schwarzer Spitzenwäsche. Wir stürmten die Suite und ließen die Mäntel fallen. Als der Jung-Macho die schwarze Brigade erblickte, verschluckte er sich prompt an seinem Whisky. So war es für uns ein Leichtes, ihn flachzulegen, zumal jede von uns nur einen Arm bzw. ein Bein von ihm in Schach zu halten hatte und Mona ihre Kräfte als Berufsmasseurin einsetzen konnte. „Von wegen kleiner Busen!" Sylvie kniete auf dem Überrumpelten und verhöhnte seine „Hühnerbrust", während wir ihm vom Hemd bis zu den Schuhen die Sachen vom Leib rissen. Er lachte dümmlich – der Kerl hielt das Ganze wohl für ein Sexspiel! Aber als wir ihm dann das Dreieck aus Feinripp über die Füße zerrten, zog er es vor, gequält die Augen zu schließen.

Ich hatte inzwischen alles Auffindbare an Klamotten in einen Müllsack gestopft, und wir machten uns davon.

„Der arme Teufel – nackt nach Hause!", gluckste Mona.

„Lieber nackt als tot", sagte Sylvie streng.

Für Anitas Heiratsschwindler, der wieder unter „Kavalier alter Schule" inseriert hatte, setzten wir Iris als todsicheren Lockvogel an. Sie bot an, ihn zeitsparend gleich in seiner Wohnung zu treffen, und gierig sagte er zu. Als der gel-gestylte Mittfünfziger gerade seinen Gürtel losnestelte, um Iris sein bestes Stück zu zeigen, fielen wir wie ein schwarzer Schwarm über ihn her.

„Verfluchte Weiber, was soll das?", gellte er und versuchte, mit verrutschter Hose zu entkommen. Zu spät. Wir hatten ihn auf einen Stuhl niedergezwungen und ließen sogleich die Hand- und Fußfesseln zuschnappen. Einige Hundeleinen taten ein Übriges, den Mann unter Kontrolle zu halten. Da der Tobende nun seine Stimme als Waffe einsetzte, mussten wir ihm leider einige Schläge verpassen. Mona durchwühlte seine Taschen. „Merde!", schrie sie – sie hatte mal einige Monate in Frankreich verbracht – „merde, nur ein Hunderter!" Immerhin hatte der lausige Lebemann ein Scheckheft im Jackett. Wir lockerten die rechte Handfessel und drückten ihm einen Kugelschreiber in die Hand – doch da wurde er schon wieder bockig. Erst als ihm seine betrogene Geliebte einen Spielzeugrevolver an die Schläfe setzte, bequemte er sich zum Schreiben. Wir entrissen ihm den Scheck, drapierten noch ein Spitzenhöschen auf seinem Kopf und eilten davon.

Der Hausbesuch bei Mona und ihrem kränkelnden betagten Ehemann gefiel mir eigentlich am besten. Wie lange hatte ich schon nicht mehr getanzt und gelacht! Der alte Herr lag in einem Lehnstuhl und blinzelte uns freundlich entgegen. Mona schenkte Alkoholisches ein, dann stellte Sylvie den mitgebrachten Recorder an, und es erklang ein Wiener Walzer. Während der Alte entzückt „Wie schön!" murmelte, schaltete Sylvie plötzlich um und ließ den phonstärksten Heavy Metal-Sound losdröhnen. Gleichzeitig warfen wir unsere Mäntel ab. Angesichts der geballten Ladung von Nacktheit und schwarzer Wäsche erwachte in dem Dino ein Funke Leben, und er beugte sich glotzend nach vorn. Doch als wir dann stampften, tobten und schrien, hielt er sich die Ohren zu und blickte flehend zu seiner Frau hinüber.

„Das ist eine Supershow, Schatzi!", rief Mona. „So was kriegst du nie wieder zu hören und zu sehen!" Und das stimmte. Bereits nach vierzig Minuten konnten wir den Notarzt rufen. Inzwischen liegt Monas Gatte seit Monaten im Krankenhaus. Ein kleiner Erfolg immerhin.

Als kampferprobte „black angels" wollten wir uns jetzt programmgemäß Iris' verheirateten Geliebten vorknöpfen. Aber die schöne Iris meinte, sie sei innerlich noch nicht soweit, und so sprang ich in die Bresche.

Meine Versuche, Heinzi auf frischer untreuer Tat zu erwischen, waren bisher leider oder Got sei Dank ohne Erfolg geblieben. Doch als ich mich wieder mal an seinen Porsche heftete, machte ich die lang gefürchtete ungeheuerliche Entdeckung: Heinzi hielt vor einem Nobelrestaurant und verschwand darin mit einem umwerfend hübschen Franzi van Almsick-Typ, superniedlich und höchstens süße zwanzig! Vom Auto aus konnte ich sehen, wie sie direkt am Fenster ungeniert herumturtelten ...

Unsere Dessous-Gruppe war sich einig, dass dies das bisher schwerste Männervergehen war, dem eine entsprechend harte Ahndung zu folgen hatte. Alle waren wir empört, ich bebte vor Vergeltungsdrang, aber am meisten hatte mein Bericht erstaunlicherweise Iris mitgenommen. Immer wieder murmelte sie „Verräter, alles Verräter" vor sich hin. Es wurden spontan verschiedene Vorschläge gemacht, wie wir meinen Noch-Gatten wirksam bestrafen könnten, wobei Entmannung noch das Mildeste war, aber ich verwarf alles und bat um Bedenkzeit.

Erst mal wollte ich mehr über diese kleine Lolita rauskriegen. Wie und wo trieben es die beiden eigentlich? Vielleicht hatte sich ja mein Mann, ganz frech während der Arbeitswoche, mit „ihr" in unserem Jagdhaus einquartiert?

Vier Tage hintereinander legte ich mich im Wald bei unserem Häuschen auf die Lauer. Ich wollte schon enttäuscht zu meinen Tortennachmittagen zurückkehren, als sich tatsächlich der Porsche durch das buschige Grün schob. Heinzi öffnete seiner Geliebten galant die Wagentür – verdammt, „sie" war wirklich jung und schlank, wie ich an der Silhouette erkennen konnte.

Ich ließ den beiden erst mal einen gemütlichen Vorsprung, bevor ich mich per Zweitschlüssel ins Haus schlich. Mein Herz raste bis in den Kopf hinein. Sollte ich warten, bis die ersten Lustschreie ertönten oder lieber gleich reinstürzen? Ich riss die Schlafzimmertür auf und erblickte – Iris. Ja genau, meine Dessous-Iris.

„*Du?*"

„Ja, ich, Lilo. Ja, ja, ja, ja – ich hatte eine Beziehung mit deinem Mann." Iris' Stimme überschlug sich. „Aber glaub' mir, ich wollte alles beenden ... Und weißt du, dass der Mistkerl noch eine andere hat? Ja, wir sind beide betrogen." Sie lachte hysterisch auf.

Ich sah zu dem Mistkerl rüber, der halbnackt mit verschränkten Armen an der Bettwand lehnte.

„So ein Blödsinn, das junge Mädchen ist meine Tochter." Er lachte spöttisch.

„Was???", schrie Iris.

„Seit wann haben wir eine Tochter?", schrie ich nun ebenfalls.

„Seit 21 Jahren, du dumme klimakterische Kuh. Glaubst du, du hast ein Monopol auf mich und kannst mich mit deiner verdammten Kocherei halten? Damit ich vielleicht auch so 'nen fetten Arsch kriege? Ha!"

Wortlos riss ich die Flinte von der Wand, lud durch und ließ einen erfolgreichen Probeschuss in die Decke los. Gerade wollte ich mich in die Richtung des Verräters drehen, als ich Iris' kräftigen Griff fühlte.

„Aufhören, sofort aufhören!" Gleichzeitig krachte ein Schuss, und ich sah Heinzi zur Seite sacken. Iris und ich starrten uns an. Ihr Eingreifen hatte den Schuss so gelenkt, dass er Heinzi voll in den Körper, wahrscheinlich ins Herz, getroffen hatte. Unser gemeinsamer Heinzi war tot.

Ja, wir haben uns dann bei der Polizei einigermaßen aus der Klemme geholfen. Iris nahm alles auf sich und erhielt zehn Monate auf Bewährung wegen fahrlässiger Tötung.

Auf Racheattacken hatten wir alle keine Lust mehr. Allerdings haben wir uns jetzt erstmals wieder zu einer Dessous-Party bei Frau Antje verabredet ...

SPÄTLESE

Der Sekundenzeiger der Fernsehuhr lief auf die 19-Uhr-Nachrichten zu.

„Verdammt nochmal, wo bleibt denn mein Roter? Es ist sieben!" Die heisere Altweiber-Stimme drang mühelos bis in die Küche, wo Irene bereits hastig einen Bordeaux aus dem Hause Rothschild in das facettierte Kristallglas schüttete. Mist! Wieder war was danebengegangen. Schleichend aber dennoch schnell bewegte sie sich mit Glas und Flasche zum Wohnzimmer, das ihre Tante „Salon" nannte.

Die 76-jährige Erbtante räkelte sich in einem champagnerfarbenen Kimono auf dem Fernsehsessel.

„Na, endlich! Du weißt doch, dass ich jetzt meinen Wein brauche. Das ist Medizin, reine Medizin ..."

„Entschuldige, Tante Margot." Die Nichte reichte ihr das Glas und stellte die Flasche ab. Ja, ja, ja, ja!, dachte sie. Jetzt geht mal wieder pünktlich die abendliche Litanei los.

„ ... bei meiner Herzerweiterung das allerbeste Mittel, hat der Professor gesagt, und ein wunderbarer Schlaftrunk ..."

Irene stand nochmal auf und holte sich ein Glas aus der Vitrine. Sie ging an dem Fernsehsessel vorbei und blickte auf die ohrenlange weißblonde Wellenfrisur hinunter. „Den Schädel einschlagen“, sagte etwas in ihr. Mein Gott, was denke ich denn da?, fragte sie sich sofort. Ich bin doch keine Mörderin! Doch es blieb eine leise Angst. Es war wie auf dem Bahnsteig: Würde der Sog des Zuges sie eines Tages an sich reißen, oder konnte sie widerstehen?

Irene war 41, und der ersehnte Ehemann wurde mehr und mehr zum Phantom. Sollte sie, nur um in fernster Zukunft ein gigantisches Erbe zu kassieren, sich in diesem Haushalt weiter drangsalieren lassen, sich jeden Tag anhören, was man in die verwaiste Nichte an Ausbildung etcetera alles reingebuttert habe? Nein, und nochmals nein. Abgesehen von ihrem allzu großen Herzen war die Tante leider putzgesund, und träte der Fall des Falles endlich ein, wäre sie, Irene, ja selbst schon ein Gruftie ...

„Ich enterbe dich!“, hatte die Tante bei jedem Abgangsversuch gedroht. Dennoch: eine kleine Wohnung finden, von dem recht ordentlichen Bürogehalt leben, dazu ein netter Mann – das wär's.

Irene hatte ihre fahlgelben Haare hochgesteckt und stand in weißer Bluse und grauem Flanellrock vor ihrer Tante.

„Mon dieu, willst du etwa in diesem Aufzug zur Vernissage gehen? *So* wirst du bestimmt keinen Mann einfangen!“

Tante Margot lachte spöttisch und blickte wohlgefällig auf die eigenen hummerrot lackierten Nagelkrallen.

Irene drehte sich unschlüssig hin und her. Ach was, mit einem Mann würde es sowieso nicht klappen. Und wenn doch – nur einer, der fürs Natürliche ist, würde zu ihr passen. Wie sehr sehnte sie sich jetzt danach, wieder einmal in die schöne sensible Welt der Bilder einzutauchen. Landschaften und Stillleben – der einzige funktionierende Trost in einem Alltag quälender Demütigungen.

Irene hatte das Sonnenaroma der französischen Landschaftsaquarelle förmlich eingeatmet. Aber dieses Bild war wirklich ein kleiner Höhepunkt: Trauben in überquellender Fülle, dazu ein Fayence-Krug, in dem man Wein vermuten durfte – eine saftige Symphonie in Grün und Violett, die wie ein letztes, nicht mehr steigerbares Genießen war.

„Ich beobachte Sie nun schon eine ganze Weile, Sie können sich ja gar nicht losreißen“, sagte neben ihr eine baritonale Stimme. Unüberhörbar schwang ein Lächeln darin mit.

Irene sah zu dem rotgesichtigen Mann empor, über dessen hellen Augen sich buschige graue Brauen humorvoll emporzwirbelten.

Eine stattliche Erscheinung, wahrscheinlich in den Fünfzigern, konstatierte sie, während sie leicht errötete.

„Ja, es ist – wunderbar!"

„Ja, nicht wahr? Meine Frau hat es einen Tag vor ihrem Tod gemalt. Es ist wie ein Vermächtnis der Lebensfreude."

„Oh, das tut mir Leid ..." Nach den Umständen dieses offenbar plötzlichen Todes konnte sie natürlich nicht fragen.

„Das muss es nicht. Ich bin glücklich, dass ich die Aquarelle meiner Frau hier verkaufen darf. Und nicht nur das. Bitte kommen Sie" – er berührte sie leicht am Ellbogen –, „da drüben verkauft mein Sohn unseren guten ökologischen Wein."

„Wein??" Irene kannte nicht viel mehr als Pinot Grigio.

„Ja, ich besitze ein Weingut in der Dordogne. Ein Deutscher unter Franzosen", fügte er lachend hinzu.

Er stellte sich mit „Alexander Neufeld" vor, und auch Irene gab nun ihren Namen preis. Was für ein charmanter Mann, dachte sie. Der Sohn dagegen zeigte sich gerade so freundlich, wie es ein künftiges Verkaufsergebnis erwarten ließ.

Herr Neufeld führte sie zu einem Bistro-Tisch, und unversehens fand sich Irene als Verkosterin einer nicht enden wollenden Revue von Weinproben wieder. Wollte der gewiefte Winzer sie unbedingt als Kundin gewinnen? Oder ... Irene kam nicht zum Nachdenken. Alexander Neufeld führte ihr das Glas zum Munde, als sei der Wein für sie persönlich gemacht.

„Und nun noch diesen Weißen. Schmecken Sie die Finesse, die leichte elegante Fruchtigkeit?"

Irene nickte. Ja, leicht und elegant, so fühlte sie sich jetzt selbst. Sie hielt sich an Alexander Neufelds intensiven Augen fest und nahm, schon ein wenig taumelig, das nächste Glas entgegen.

„Zum Wohl! Dieser Rote ist unser Prachtstück. Samtig, anschmiegsam, mit vollem Körper ..."

Irene kaute, wie empfohlen, noch weiter auf dem Schluck herum. Hatte sie nicht auch einen vollen Körper? Ja, und den sollte sie vielleicht mal wieder in natura zeigen ...

Die augenzwinkernde Heiterkeit des Winzers war mittlerweile einem bekümmerten Zug gewichen. Ja, es sei doch letztlich ein sehr hartes Geschäft, die Missernten, die Konkurrenten, die Investitionen für einen wirklich biologischen Anbau ...

„Aber reden wir von Ihnen, Mademoiselle – darf ich Sie Irene nennen?“

„Ja, dürfen Sie.“ Irene lächelte siegessicher.

Inzwischen hatten unzählige alkoholische Gaumenkitzler ihre Zunge so weit gelöst, dass Herr Neufeld bereits einen kompletten Überblick über ihre häusliche und finanzielle Situation hatte. Ja, sie würde eines Tages Alleinerbin ihrer überaus vermögenden Tante werden, Fabrikantenwitwe, aus altem Adel, und übrigens eine passionierte Weintrinkerin ...

„Verstehen Sie sich gut mit Ihrer Tante?“

Irenes beseligte Entspanntheit verhärtete sich aggressiv.

„Wer das Geld hat, hat das Sagen, nicht wahr?“ Der Winzer reichte ihr schnell eine neue Weinprobe, und sie fand zu ihrer gutgelaunten Beschwipstheit zurück. Mit einer Neufeld-Flasche als Unterpfand für ein nächstes Rendezvous stieg sie endlich in eine Taxe.

Die zitternde Angst vor Tante Margots Reaktion war unbegründet. Aber ja doch, gern würde sie Irenes „Flirt“ kennenlernen. Endlich mal eine Abwechslung, wo sie doch zurzeit wegen ihres kranken Beins nicht aus dem Haus könne. Und Alexander Neufeld kam. Kaum stand der ansehnliche

Bonvivant in der Tür, hatte er bei Margot bereits gewonnen.

„Enchanté, Madame." Er beugte sich im präzisen Luftabstand über die altersfleckige Hand.

„La vôtre." Margot Cäcilie Freifrau von Rebnitz ließ zähnefletschenden Charme spielen und funkelte ihn aus ihren tiefliegenden Augen gekonnt an. Schon bald war man bei den Anreden „Margo" und „Sascha" angelangt, wozu reichliches Probieren der mitgebrachten Marke „Neufeld" nicht unerheblich beitrug. Mit wachsender Unruhe beobachtete Irene, wie die Stimmung immer weinseliger und immer französischer wurde. Endlich begriff Alexander, wo er hingehörte und verlagerte seine Komplimente wieder auf sie zurück. Nicht umsonst trug sie ihre Haare jetzt offen und warmschimmernd getönt, was nach ihrer Meinung perfekt zu ihren goldkäferbraunen Augen passte. Jetzt muss ich nur noch mein Französisch auffrischen und eine gute Wein-Schülerin werden, dachte sie.

Der Abend endete damit, dass „Margo" zwei Kisten Neufeld Rot bestellte. Und zwar den samtigen mit vollem Körper.

Ihrem Ehehafen-Ziel war Irene inzwischen ein beachtliches Stück nähergekommen. Alexander Neufeld hatte sich mit ihr „verlobt"! Tante Margot fand das „entzückend altmodisch“ und machte sich immer wieder auf alberne Weise lustig, was Irene aber nur mit verbissenen Planungen für den künftigen gemeinsamen Haushalt beantwortete. Wann die Hochzeitsglocken definitiv läuten würden, stand allerdings noch nicht fest, da vonseiten des Bräutigams noch einige finanzielle Probleme zu lösen waren.

„Ein Engpass, Irene, ich brauche jetzt dringend Geld für neue Fässer. Holz macht Wein, so ist das nun mal. Ohne bestes französisches Eichenholz kann man nicht überleben.“

Klar, dass ihm Irene als Soforthilfe erst mal für ein paar tausend Euro Wein abnahm, den sie im Keller unter Bettlaken versteckte. Irgendwann, wenn es Tante Margot nicht mehr gab, würde sie den Schatz heben. Es war auch einsehbar, dass der Witwer die Bilder-Aktion mit den lebenslustigen Aquarellen seiner verstorbenen Frau zu Ende führen musste. Irene gelang es, sie fast komplett für die Kabinen-Einrichtungen eines Luxusliners zu verhökern. Das Trauben-Bild hatte sie selbst erworben.

Bald würde sie in Weiß vor dem Traualtar stehen. Aber da ließ Sascha wieder mal ein paar tiefe Seufzer hören.

„Also, diese letzte Missernte hängt mir immer noch nach. Und nun ist auch noch was an der Abfüllanlage kaputt. Ma chère, was tun wir nur?"
Irene war längst bei den eisernen Reserven ihrer Sparkonten angelangt. Geld, wie furchtbar banal! Und ihre betuchte Tante wusste nicht, wohin damit und spuckte es an eine Herzstiftung aus. Warum hatte die Alte nicht den Anstand, sich endlich davonzumachen? Irene, kontomäßig schon leicht in den Miesen, beschloss, jetzt persönlich nachzuhelfen. Für den nichtsahnenden Sascha würde es ein wunderbares Hochzeitsgeschenk werden! In bebender Vorfreude goss sie sich schon mal einen spritzigen weißen „Neufeld" ein.

Ihr Verlobter war wieder in der Dordogne. Er flog stetig in Hamburg ein, aber seltsamerweise hatte er Irene bisher noch nicht auf seinem Weingut empfangen können.
Wie üblich stellte Irene ihrer Tante um 19 Uhr den Rotwein hin.
„Ich nehme den Nachtzug nach Paris und fliege dann nach Bordeaux weiter. Ich ruf dich an."
„Und Sascha erwartet dich? Na, dann gute Reise!"
Aber Irene war schon zur Tür raus. Irgendwann morgen, wenn sie mit Sascha auf einer schattigen Terrasse saß und mit ihm einen guten Tropfen aus

eigenem Anbau genoss, umgeben von leuchtenden Rosen, würde der erlösende Anruf kommen. Margots Herztropfen, überdosiert im Wein – da konnte doch gar nichts schiefgehen!

Als das Taxi vor dem ockerfarbenen Landhäuschen hielt und Irene in den Garten spähte, erblickte sie als erstes eine junge dunkelhaarige Frau, sehr hübsch und sehr spärlich bekleidet. Der kurze Wortwechsel auf französisch führte immerhin dazu, dass sie freundlich hereingebeten wurde.
Als Alexander Neufeld dazukam, sackten seine Züge kurz abwärts, fingen sich aber sekundenschnell in einem freudigen Lächeln.
„Was für eine Überraschung! Irene, Chérie ...“
Er stellte die hübsche Dunkelhaarige als seine Schwiegertochter vor, dann setzte er sich mit Irene unter einen Apfelbaum. Ja, mit dem Hochzeitstermin, sagte der Winzer, könne es jetzt leider, leider noch nichts werden, er sei gerade dabei, das Weingut seinem Sohn zu überschreiben. Ja, viele Formalitäten, aber es sei das Beste so. Wie aufs Stichwort erschien der Sohn und begrüßte Irene mürrisch, während er seinen Vater feindselig anblickte.
„Dann leben wir wohl in Hamburg?“ Irene lächelte tapfer.

In diesem Moment kam der Anruf. Es war Margots Hausarzt. Nein, Irene möge sich jetzt bitte auf keinen Fall aufregen. Aber die Putzhilfe habe Frau von Rebnitz morgens gefunden, nur noch schwach atmend ... nein, wirklich kein Grund zur Sorge, die Tante lebe ... Ja, man habe neben ihrem Weinglas eine Dose Thunfisch gefunden ... ja, eine Lebensmittelvergiftung, aber zum Glück habe Frau von Rebnitz nahezu den kompletten Mageninhalt wieder rauswürgen können ... Natürlich sei sie noch etwas matt, ihre Nichte möge doch bitte sofort zurückkommen ...

Irenes Gesicht war nur noch eine steinerne Maske, während Alexander Neufeld einfach nur bestürzt dreinschaute.

„Ich packe", sagte sie kurz. Als sie durch die Diele zum Badezimmer ging, sah sie plötzlich einen Brief auf der Kommode. Das waren doch Margots steile, schroffe Schriftzüge! Schnell ergriff Irene den geöffneten Umschlag und verschwand damit im Bad. Eine Karte steckte drin: „ ... kann ich es kaum abwarten, das Ereignis mit Dir zu begießen. Wenn Du es nicht allein kannst, dann müssen wir es Irene eben gemeinsam beibringen. Schonend natürlich. Chéri, auf bald! Je t'embrasse, Margot."

Irene warf den Brief auf die Kommode zurück und eilte zum Taxi.

„Ich komme nach!", rief ihr der Winzer hinterher.

Erst im Zug drangen die ungeheuerlichen Worte wie ein Pfeil in ihr Bewusstsein. Die Alte wollte also heiraten. Ihren, Irenes Verlobten, ihren Sascha! Beinahe hätte sie so hysterisch losgeschrien, als stände eine Entgleisung bevor. Aber dann begnügte sie sich damit, ihr Taschentuch zu malträtieren.
Als sie zu Hause ankam, sah ihr Tante Margot schon wieder ganz munter entgegen, das hummerrote Lippenrot leuchtete geradezu unanständig.
„Tja, Unkraut vergeht eben nicht."
„Stimmt", sagte Irene kalt. Dann bereitete sie sich auf die üblichen, jetzt noch verschärften Dienstleistungen vor.

Zwei Tage später traf Alexander Neufeld ein. Zum abendlichen Beisammensein erschien er im dunklen Zweireiher mit rotem Einstecktuch, Margot ergänzte ihn perfekt mit einem anthrazitgrauen Seidenkleid samt Perlencollier. Irene erwartete die Ankündigung des „besonderen Ereignisses" in komplettem Schwarz. Margo schenkte erst mal einen roten „Neufeld" ein – „charakterstark, mit beeriger Fülle", wie der Winzer zufrieden kommentierte. Beide sahen sich an, und Sascha nickte ihr zu.

„Ja, meine liebe Irene, ich sage es ohne Umschwei-
fe: Ich habe Alexander adoptiert. Er trägt jetzt meinen Namen."
Irene schluckte mit einem Ruck ihren Wein hinunter.
„Adoptiert?? Aber warum denn??" Wie konnte
man denn einen fast Sechzigjährigen adoptieren ...
„Nun, Alexander wird mein Gesellschafter und
ständiger Begleiter. Die Differenzen mit seinem
Sohn sind dir ja bekannt, und warum soll sich Sascha in dem Weinberg weiter den Rücken kaputt-
machen? Wir werden reisen, das Leben in vollen
Zügen genießen ..."
„Das nötige Kleingeld ist ja da!"
„Sehr richtig." Margo ließ den Wein im Zeitlupentempo auf der Zunge zergehen. „Und wenn ich
nicht mehr bin, wird für Sascha gut gesorgt sein."
„Er kriegt das Erbe!" Irenes totenhafte Blässe hatte
sich jetzt in ein dunkles Rot verwandelt. „Und was
wird aus meiner Hochzeit?" Ihr Blick bohrte sich
in Alexander Neufelds verlegenes Gesicht. „Du,
du, du elender ..." Eine wirklich ausreichende Be-
schimpfung fiel ihr nicht ein. „Sag es, sag es, was
wird aus unserer Hochzeit??"
„Sascha wird nie wieder heiraten", antwortete Margot kühl. „Seine verstorbene Frau war seine einzige große Liebe."

Irene stand auf, ergriff die Flasche mit dem charakterstarken Rotwein und schmetterte sie gegen Alexander Neufelds Kopf. Der Winzer fiel in einem lautlosen Aufschrei zur Seite, aus seiner Schläfe sickerte Blut. Die Flasche entleerte ihren tiefroten Rest auf seinen Anzug und spritzte bis auf Margos Seidenkleid hinüber.

Irene verbrachte fünf Jahre hinter Gittern. Tante Margot starb kurz vor der Entlassung ihrer Nichte, und Irene trat ihr Resterbe an. Ein bitteres Erbe. Wein hat sie nie wieder angerührt.

TRIO INFERNAL

Sie war überfällig. Es war höchste Zeit. Alle hatte ich bisher überlebt, und alle hatten sich mit Anstand davongemacht: Chefredakteur Nummer eins hatte sich mit Rheumatismus auf eine südliche Insel zurückgezogen, Nummer zwei war früh im Suff dahingeschieden, und Nummer drei – eine Sie – war gerade noch rechtzeitig vom Verleger gefeuert worden, bevor sie meinen Rausschmiss zu Ende betreiben konnte.

Und nun diese falschblonde Nymphomanin. Die Apfelbrüstchen hochgepresst in einem cyclamroten Thierry-Mugler-Kostüm, stakste sie auf himmelhohen Absätzen in den Konferenzraum, dehnte sich in ihrem Designer-Sessel zurecht und warf den gierig glotzenden Redakteuren ihre Befehle hin. Wagte mal ein weibliches Wesen etwas zu unserem Beauty-Blatt zu äußern, zog sie nur die Augenbrauen hoch.

Seit drei Jahren war sie 39, und das gedachte sie auch zu bleiben. Eine Frau wie ich, im biblischen Alter von 52, zugegeben: schon mit leicht fallenden Konturen, was auch meine haselnussbraunen Augen nicht mehr wettmachen, also eine solche Frau, die war für sie natürlich Ballast. Immerhin kann ich, das darf ich wohl sagen, exzellent schreiben, und manche Männer nennen mich sogar „intellektuell“, obwohl ich nicht weiß, ob das ein Kompliment sein soll. Jedenfalls kam es, wie es kommen musste. Sie war mal gerade drei Monate in unserem Laden, da bat sie mich in ihr Büro, und als sie dabei die Tür zuzog, wusste ich gleich Bescheid.

Genüsslich lehnte sich meine Chefin zurück und nahm sich eine Schokokugel aus der Lalique-Schale. Mir bot sie zwar kein Praliné, aber doch noch einen Platz an.

„Frau Lorenz, Sie werden ja nun nächsten Monat 53. Haben Sie schon mal daran gedacht, in den Vorruhestand zu gehen? So belastbar sind Sie ja nicht mehr ...“

„Nein, habe ich nicht. Mir geht es ausgezeichnet.“ Während mir ein Hieb den Magen eindrückte, hörte ich meine eigenen Worte wie ein Geschoss rauskommen. Gleichzeitig spürte ich, dass mir die Luft wegblieb.

„Nun, wir sehen das anders. Sie können zwar ganz passabel schreiben, aber als leitende Redakteurin für eine Fotoproduktion scheinen Sie mir inzwischen etwas überfordert zu sein. Sie wissen selbst, dass Ihre Produktion ‚Hautfrühling für die Frau um vierzig‘ ein totales Fiasko geworden ist.“

„Jeder kann mal einen Migräneanfall erleiden.“

„Bei Ihnen scheint das aber chronisch zu sein."
Madame Sexy-Hexy griff nach ihrem Art déco-
Etui und zündete sich eine Zigarette an. Langsam
blies sie den Rauch aus. „Sie glauben doch nicht
im Ernst, dass wir uns so einen Reinfall wie Düs-
seldorf noch einmal leisten können. Sie lassen ein-
fach alles stehen und liegen, und wir müssen für
Sie den Ressortleiter einfliegen!"
„Das war eine Ausnahmesituation. Sie wissen
doch, wie engagiert ich meine Arbeit mache."
„Engagiert, engagiert." Diane Wörringhofens arkti-
sche Augen blickten spöttisch. „Tatsache ist, dass
Sie schon seit langem eine Planstelle blockieren.
Kurz und gut: Ich möchte, dass wir uns zu einem
Gespräch mit dem Personalchef zusammensetzen."
Sie griff zum Hörer.
„Nein! Ohne Anwalt werde ich kein Gespräch füh-
ren." Ich hörte mich selbst mit cooler Härte reden
und stellte zu meinem Erstaunen fest, dass mein
Kopf noch arbeitete. Gleichzeitig überkam mich
eine plötzliche Schwäche. Abrupt stand ich auf.
Mit verschwimmendem Blick bemerkte ich noch,
wie sich die Chefin kopfschüttelnd ihren gewohn-
ten Whisky einschenkte.
„Überlegen Sie sich das, Frau Lorenz, wir wollen
doch nicht im Unguten auseinandergehen ..."

Aber ich war schon hinausgesaust. Auf dem Klo musste ich natürlich erst mal heulen und kotzen. Endlich wagte ich mich aus der Kabine und stellte mich vor den Spiegel. Ich sah wie ein Boxer nach einem K.-o.-Schlag aus. Während ich meine derangierte Augenpartie betupfte, fiel mir etwas ein. Dale Carnegie! Ja, „Sorge dich nicht – lebe!", dieses Lebenshilfe-Buch. Ich schwöre wirklich auf den guten alten Dale. Schon der Einband ist so optimistisch, da sind nämlich Sonnenblumen drauf – einfach Klasse. Aber dann der Inhalt, vor allem die „Zauberformel": „Was ist das Ärgste, das möglicherweise geschehen kann?"

Das Ärgste bei meiner Entlassung? Also, es war ja nicht so, dass ich die Armut fürchtete. Aber was sollte ich denn zu Hause? Ich mag meine Kollegen, und seit die Männer aus meinem Leben verschwunden sind, warten ja nur zwei Katzen auf mich. Sie heißen Mimmi und Mommi, sind übrigens ganz süß ...

Ich wankte in mein Büro hinüber und rief telefonisch Heidemarie zu mir, meinen treuesten Spezi in diesem Katastrophenladen.

Mit Heidemarie verstehe ich mich blendend. Sie ist wie ich 52, sieht noch ganz niedlich aus mit ihren hellen Locken und hat das zweifelhafte Vergnügen,

der Neuen als Sekretärin zu dienen. Man könnte
die Sache sogar pikant nennen, wenn sie nicht so
tieftraurig, ja geradezu demütigend wäre.

Es war auf dem Betriebsfest gewesen. Da hatte
sich unsere alkoholisierte Chefin mit ihren cyclamroten Krallen doch tatsächlich Heidemaries Mann
gegriffen. Dieter arbeitet in der Fahrbereitschaft,
sieht ziemlich gut aus, ist nur leider etwas manipu-
lierbar. Jedenfalls hat ihn Madame Sexy-Hexy ab-
geschleppt und bald darauf an Heidemarie zurück-
gegeben. Die hat ihn auch genommen und ihm sogar verziehen.

„Ihm verzeihe ich", hatte Heidemarie seinerzeit zu
mir gesagt. *„Ihm* schon, aber ihr werde ich's noch
heimzahlen. Also, irgendwann werd ich die Tussi
umbringen."

„Klar", hatte ich erwidert. „Aber den gebrauchten
Kerl würde ich ja nicht mehr anfassen. Ich jedenfalls wäre nicht bereit, jeden Preis für das Luxus-
gut Mann zu bezahlen ..."

Wir hätten uns dann beinahe zerstritten, aber ich
hab auch gut reden, da ich als Sexualobjekt ja
schon seit Jahren aus dem Rennen bin ...

Jetzt wieselte Heidemarie zu mir herein. „Was ist
denn passiert, Süße? Du bebst ja wie Zittergras!"

Niedergedrückt erzählte ich ihr, dass ich mal wieder entlassen werden sollte. Ja, auch Madame Sexy-Hexy, die unser Blättchen „endlich erfolgreich in den Markt penetrieren" wollte, wüsste meine journalistischen Fähigkeiten nicht zu schätzen.

„Das ist ja ein Hammer!" Heidemarie blickte so alarmiert, dass mein Magen sich erneut zusammenkrampfte. Aber nach wenigen Sekunden hatte sie ihre Energie zurückgewonnen, und ich spürte voller Erleichterung, wie sich ihr schwelendes Wutpotenzial solidarisch verdoppelte.

„Keine Sorge, Inga, damit kommt sie nicht durch. Wir werden sie ein für alle Mal wegkanten – und zwar mit Plan." Schon war sie an der Tür. „Leider muss ich erst mal weg. Ich soll für die Alte schon wieder Pralinés nachkaufen."

„Ja, aber wann ..."

„Ich sag dir Bescheid. Wir sprechen das bei ‚Anselmo' durch. Immer ruhig Blut, Süße."

Den Nachmittag biss ich mich am Computer fest, starrte durch tränenverhangene Augen auf den Schirm und warf den hereinschauenden Kollegen, ohne den Kopf zu wenden, die kürzestmöglichen Antworten zu. Endlich 17.30 Uhr. Ich stürzte, die Hand am Geländer, mit weichen Knien die Treppen hinunter und floh in die schützende Höhle meines Renault.

Zu Hause legte ich mich auf mein weißes Hussensofa und wickelte mich trotz der Apriltemperatur in eine Decke ein. Mimmi und Mommi hatten sich vor mir hingehockt und schienen mich fragend anzugucken. Nein, meine Kleinen, ihr sollt keine wehleidige Katzenmutter haben. Sollte ich jemanden anrufen? Aber wen? Ich aß erst mal eine Tafel Schokolade auf. Zum Teufel mit der Trennkost! Zum Teufel mit dem Schönheitswahn!

Ja, das war's natürlich. Für die „Bellezza", unser Beauty-Blatt, war ich einfach nicht mehr jung und schön genug. „Jenseits der Knackigkeitsgrenze", wie es irgendwer mal formuliert hatte. „Als Kosmetik-Redakteurin sind Sie leider für unsere Geschäftspartner nicht mehr präsentabel", hörte ich die Alte schon sagen. Nein, solche Röntgenblusen wie die konnte ich natürlich nicht mehr tragen, auch Gürtel waren nicht mehr drin, seitdem sich die Taille verflüchtigt hatte.

Um 22 Uhr warf ich eine starke Schlaftablette ein, die mich in Kürze ins Nirwana katapultierte.

In den frühen Morgenstunden presste ein bohrender Schmerz meinen Schädel zusammen, umklammerte mich wie eine Eisenzange, aus der es kein Entkommen gab. Migräne! Ich tastete nach dem Wasserglas und fingerte vier Kapseln aus der Packung. Als ich befreit aus dem Schmerzensdämmer erwachte, war es halb zehn. Nein, bis zur Konferenz würde ich es nicht mehr schaffen. Wie eine Diebin schlich ich in mein Büro.

Die Kollegen drängten in ihre Zellen zurück, und auch Ritchie, unser Textchef, schaute zu mir ins Zimmer herein.

„Du hast die Konferenz versäumt", sagte er vorwurfsvoll.

„Ja, ja, war irgendetwas Besonderes?"

„Nein, nur das Übliche. Die Chefin meinte, uns fehlten die zündenden Ideen, wir seien ein einziger Schnarchhaufen."

„Hm." Ich heftete meinen Blick wieder auf den Bildschirm und schreckte erst hoch, als Heidemarie vorbeieilte.

Sie zwinkerte mir zu. „Also heute Mittag bei ‚Anselmo'".

Endlich, endlich war es zwölf Uhr, der früheste Zeitpunkt, um legal den Bau zu verlassen und sich bei unserem Stamm-Italiener auf den terrakottafarbenen Sofas niederzulassen.

„Ich lad dich zu einem Prosecco ein", sagte Heidemarie.

„Ich weiß nicht, ob Alkohol in meiner Situation ..."

„Doch, das brauchst du jetzt." Heidemarie winkte dem Wirt.

„Was meintest du eigentlich damit, dass du die Chefin wegkanten willst? Ich müsste doch zunächst den Betriebsrat – "

„Oh, nein!" Heidemarie beugte sich vor. „Das machen wir ganz, ganz anders. Wie du weißt, habe ich noch eine offene Rechnung mit der Tussi. Ihre Beischlaf-Aktionen mit meinem Dieter werden nicht ungestraft bleiben. Also, pass auf – "

Wir hatten gerade mit unseren Spaghetti al aglio e olio begonnen, als unser Textchef auf uns zusteuerte. Mist! Nun konnten wir erst nach Feierabend quatschen.

Ritchie sah mindestens genauso mitgenommen aus wie ich. Du liebe Zeit, noch keine 35 und dann solche Miene. Was konnte der schon für Sorgen haben!

„Na, was liegt dir denn so auf der Seele?", fragte ich direkt. Es tat mir jetzt ganz gut, mich von meinem eigenen Desaster etwas abzulenken.

Ja, die Alte habe mal wieder exzessiv in seinen Texten herumgewütet, warum mühe er sich überhaupt ab bis zum Geht-nicht-mehr, Tag für Tag gehe das nun so ...

„Ihr hättet mal die Manuskripte sehen sollen – von oben bis unten blutrot, es hat nur noch die Zensur darunter gefehlt."

„Gähn, gähn." Heidemarie hob den Blick zur Decke. „Was regst du dich so auf. Weiß doch jeder, dass unsere Glamour-Queen sich zur Chefredakteurin nur hochgeschlafen hat." „Stimmt", pflichtete ich bei. „Übrigens hat sie auch die Manuskripte der Vorgänger so verunstaltet."

„Der Vorgänger ...", murmelte Ritchie.

„Was ist denn mit dir los?" Heidemarie sah ihn besorgt an. Ritchies Blick flackerte. „Heute hat die Alte zu mir gesagt: 'Zwischen uns beiden stimmt die Chemie einfach nicht, das müssen Sie doch selbst schon bemerkt haben.'"

Heidemarie lachte auf. „Ha, die hormonelle, was?" Unser Textklempner verzog gequält das Gesicht.

„Ich weiß genau, was das heißt. Rauswerfen will sie mich. Aber ... das geht doch nicht. Ich habe drei Kinder, die Hypothek auf dem Haus, dazu noch meine kranke Mutter."

Ein ganz schöner Packen, dachte ich. Da war es doch wieder praktisch, dass ich nur Mimmi und Mommi hatte.

„Ach was!" Heidemarie knuffte ihn in die Seite. „Mit 35 gehörst du doch absolut zur Leistungsträger-Generation, da passiert dir nichts. Und selbst wenn: Denk doch mal an Inga, wie viele die schon überlebt hat. Das schaffst du auch."

Ich blickte meine Kollegin beschwörend an. Sie würde doch jetzt nichts von meiner Entlassung ausplaudern!

Aber sie haute Ritchie nur belebend auf die Schulter.

„Ja, ich schaffe es", sagte unser junger, im allgemeinen eher ruhiger Textchef. Er sagte es mit einer fast mörderischen Entschlossenheit.

Nach Feierabend sind wir notgedrungen noch einmal zu „Anselmo" gegangen, und da hat mir Heidemarie dann ihren Plan auseinandergesetzt. Ich war sofort einverstanden, das hatte auch bestimmt nichts damit zu tun, dass ich inzwischen zwei Wein und zwei Ramazotti getankt hatte.

Als Tattag haben wir Freitag, den 13., ausgemacht. Ein gutes böses Omen. Freitags ist die Chefin immer sehr lange da, sie ist dann froh, wenn endlich alle weg sind. Das gilt natürlich nicht für Heidemarie, die muss ihr bis zum spätabendlichen Ende zu Diensten sein: Pizza und Kuchen holen, sich anhören, wie gut oder schlecht ihr Dieter die Chefin seinerzeit im Bett bearbeitet hat, und vor allem: immer wieder reichlich Sprit nachschenken. Dann der rituelle Schluss: Mit Stolperzunge fordert die Chefin Heidemarie auf, ein Taxi zu rufen.

„Null Problem", sagte Heidemarie zu mir. „Aber du musst mir assistieren. Das Servieren musst du übernehmen."

Ich blieb also am Freitag, den 13. mit ihr im Büro, und sie gab mir den hoch dosierten Haschkuchen, den ihr ein holländischer Freund besorgt hatte. Die identisch aussehende, selbst gebackene Sachertorte blieb im Metallschrank, um dort auf ihren Einsatz zu warten. Die Kollegen waren endlich gegangen, auch Ritchie war im Abmarsch, warum nahm er nur seinen Rucksack nicht mit?

„Na so was, Frau Lorenz – Sie noch hier? Welchem Umstand verdanken wir denn Ihre Anwesenheit?"

Mit fast leerem Whiskyglas und stierem Blick tänzelte Madame Sexy-Hexy vor mir herum.

„Ich hatte noch im Fotostudio zu tun. Übrigens, das Studio hat uns einen Kuchen spendiert."

„Her damit."

„Gleich, ich schneide uns allen was ab."

In der angrenzenden Pantry legte ich auf einen großen Teller zwei gut bemessene Haschkuchen-Stücke und ging damit zu ihr hinüber. Sie hatte sich auf das Ledersofa neben dem Eileen Gray-Tischchen geworfen und schwankte mit dem Oberkörper bereits arhythmisch hin und her. Ihr Dekolleté gewährte noch tiefere Einblicke als sonst.

Währenddessen hatte Heidemarie unsere Teller diskret mit je einem Stück Sachertorte beladen und war mir gefolgt.

„Köstlich, köstlich, dieser Kuchen", juchzte unsere Chefin. Doch dann meinte sie wenig später, ihr sei plötzlich so schwindelig, ja, richtig schwarz vor Augen. Irgendetwas Unverständliches stieß sie noch hervor, dann drehte sie sich um die eigene Achse und kippte mit verdrehten Augen auf den kittgrauen Teppichboden.

Offensichtlich hatte die Kombination aus Hasch und Alkohol ihre Wirkung getan.

Einige Augenblicke lang starrten wir auf unsere Chefin hinunter und warteten. Worauf, wussten wir wohl selbst nicht so genau.

Endlich griff Heidemarie beherzt nach ihrem Puls.

„Ich kann nichts mehr wahrnehmen", stellte sie fest.

„Ist sie etwa – ?", fragte ich.

Heidemarie nickte. Klar, dass wir dann Teller, Besteck und Kuchenreste superschnell verschwinden ließen.

Die Meldung im Fernsehen, am nächsten Tag, er-
staunte uns dann aber doch: „Diane Wörringhofen,
Chefredakteurin der Frauenzeitschrift 'Bellezza',
wurde heute Morgen in ihrem Büro vom Haus-
meister tot aufgefunden. Die Leiche war bestia-
lisch zugerichtet und wies zahllose Schlagwunden
auf. Als Täter wurde der Textchef des Blattes festgenommen, der inzwischen ein Geständnis abge-
legt hat.“

NICHT KROSS GENUG

Zuerst hatte Annegret dran glauben müssen. Dann Mechthild, danach Gina, und schließlich hatte es Dodo erwischt.

Und Hans-Arthur hatte sie auf dem Gewissen. Heike betrachtete ihren Ehemann, wie er seine rot getönte Nase in das Glas steckte und an dem Bordeaux schnüffelte. Hans-Arthur, der Herr Gastro-Kritiker. Immer im Dienst. Auch zu Hause. Prüfen, begutachten, zensieren.

Heute musste sie ihm einen „Coq à l'Orange" servieren, Hühnchen mit Orangensauce.

Hans-Arthur kostete lange. „Nicht kross genug", entschied er endlich.

Heike spürte, wie erneut eine kalte Wut in ihr hochstieg. „Nicht kross genug", „Lederhaut", „fahles altes Fleisch" – wenn diese Vernichtungsurteile nur ihre Kochkünste betroffen hätten, so hätte sie das leicht verschmerzen können. Es interessierte sie längst nicht mehr, ob es Hans-Arthur schmeckte oder nicht schmeckte. Aber es waren eben genau die Bezeichnungen, mit denen er auch ihre Freundinnen klassifizierte. Frauen waren für Hans-Arthur nur eine kulinarische Kategorie: Annegret, das Huhn; Mechthild, die Ziege; Gina, das Schwein und Dodo, die Kuh. Als Quasi-Tiere wurden sie dann noch weiter unterteilt und in Schenkel, Brust, Bauch und Knusperkruste portioniert.

„Eine hässlicher als die andere", sagte Hans-Arthur zu seiner Ehefrau. „Ich verstehe nicht, wie du so etwas Unappetitliches um dich haben kannst." In Klammern gesprochen: Ich bin dein Gott und dulde keine Göttinnen neben mir.

Nun ja, sie alle näherten sich der Fünfzig, warfen deutlich Falten und zeigten inzwischen mehr Schlaffheit als Straffheit. Aber sah er besser aus? Kahlschlag auf dem Schädel, Gesicht und Bauch eine einzige Hängepartie.

Gut, dass meine Freundinnen diese Ausdrücke nicht hören können, hatte Heike sich anfangs beruhigt. Aber dann hatte Hans-Arthur eine nach der anderen so gekonnt beleidigt, dass jede glaubhaft versichert hatte, „dieses Haus nie wieder zu betreten."

Heike verabredete sich nun mit ihnen woanders. Am liebsten in einem Restaurant, wo sie selbst darüber befinden konnten, ob ein Hähnchen „kross" oder „nicht kross genug" war.

„Keine Sorge, der schafft es nicht, unsere Freundschaft zu zerstören", hatte sie erst zu Annegret, dann zu Mechthild und danach zu Gina gesagt. Außerdem war ein „Coq à l'Orange", den ein knackiger Kellner servierte, auch nicht zu verachten.

Dann allerdings hatte es Dodo erwischt, und das
änderte alles. Dodo, Heikes beste und „älteste"
Freundin. Schon 25 Jahre lang waren sie verbün-
det, immerhin zehn Jahre länger, als der zweifelhafte Ehebund mit Hans-Arthur dauerte.
Es war an Heikes 48. Geburtstag. Von Hans-Arthur
keine Blume, kein Wort – wie all die letzten Jahre
schon.
Dann rief Dodo an und überschüttete in ihrer mani-
schen Art die Freundin mit Glückwünschen.
„Ich mache aber nichts", sagte Heike.
„Musst du ja auch nicht. Ich komm nur kurz vorbei
und tröste dich mit ein paar Geschenken."
Um 19 Uhr stand Dodo mit einer gut gefüllten
Hochglanz-Tüte in der Tür und presste Heike an
ihre opulente Brust.
„Was ist denn das für Lärm? Ich habe Kopfschmer-
zen!" Hans-Arthur erschien in rippigen Unterhosen
auf dem Flur.
„Und ich hab einen Mordshunger. Was gibt's denn
Leckeres?"
„Ja, wie gesagt, ich mache nichts ..."
„Sind wir hier ein Restaurant?" Hans-Arthur rich-
tete sich zu seinen vollen Einsfünfundsechzig auf.
„Im Übrigen solltest du bei deinem Fettarsch lieber
eine Hungerkur machen!"
Dodo klappte ihren lackroten Mund auf und zu.

„Das ist ja wirklich ...“

„ ... die Wahrheit, und nichts als die Wahrheit.“ Hans-Arthur lachte hämisch. „Ich würde sagen: eine gemästete Kuh nach drei Lifting-OPs.“

„Heike! Muss ich mir so etwas anhören?“ Dodo fing an zu kreischen.

„Kommt hier nur her, um zu fressen und unseren Alkohol wegzusaufen!“

Mehr Schmähungen waren für den erwünschten Abgang nicht nötig. Während sich Heike ein hilfloses „Dodo!“ entrang, war die schwer verletzte Freundin schon hinausgestürzt.

„Natürlich betrete ich dieses Haus nie wieder“, sagte Dodo ein paar Tage später zu Heike. „Aber ich hab eine Idee. Wir sind ja inzwischen schon ein stattlicher Haufen von Verstoßenen. Wir gründen einen Club der Verstoßenen und beraten uns.“

„Beraten?“

„Ja, über deinen Rausschmeißer. Irgendwie müssen wir ihn ja unschädlich machen.“

Die Fünf trafen sich bei „Mario“ und brachten sich erst mal mit einem Prosecco in Laune.

Annegret, schmächtig und bebrillt, hatte ihre Handarbeit dabei und bestickte gerade ein Taschentuch für eine oder einen A.C.

„Mickriges Hühnchen hat er mich genannt", sagte sie leise und senkte den Blick auf das Batisttüchlein.

„Das ist ja noch gar nichts!" Mechthild, die Längste und Dünnste unter ihnen, griff mit ihrer Schaufelhand erneut zum Glas. „Ausgedörrte Ziege, hormonell unterbelichtet, Emanzen-Braten – na, was sagt ihr denn dazu?" Sie ließ eine Whiskylache los und schlug sich auf die Schenkel.

„Ich finde das gar nicht lustig." Die hochblondierte Gina zupfte vergeblich ihren Ledermini nach vorn.

„Nun komm schon. Raus mit der Sprache. Womit hat er dich denn fertiggemacht?", bedrängten sie die andern.

Gina errötete. „Barbie-Schweinchen. Beachtliches Filetstück, aber nicht kross genug."

„Kross – das ist krass!" Mechthild lachte wieder dröhnend auf, während Heike betreten von einer zur andern blickte.

„Und ich vervollständige die Menagerie als gemästete Kuh", verkündete Dodo, die ihren Rauswurf bereits in allen empörenden Details geschildert hatte. „Wie ist es nur möglich, dass ein Mensch so unter jedes Niveau geht?"

„Ein Mann", korrigierte Mechthild. „Und diesen Fehlgriff der Schöpfung wird unsere gute Heike, wie ich sie kenne, trotz allem nicht verlassen ..."

„Also, hörig bin ich ihm nicht." Heike verzog beleidigt den Mund.

„Dann muss *er* sie eben verlassen!" Gina hob ihre Gabel wie eine Waffe.

„Scheidung?", wisperte Annegret.

„Zu kompliziert", wehrte Heike ab.

„Jedenfalls muss er weg", entschied Dodo. „Für immer. Diesen Freundschaftsdienst sind wir ihr schuldig. Du bist doch einverstanden, Heike?"

„Ja, aber nur, wenn es ohne Blutvergießen ..."

„Na, klar. Ein sanfter Todesstoß ..." Gina machte eine unmissverständliche Bewegung.

„Nicht Todestoß, sondern Todeshappen", bestimmte Dodo und schnalzte mit der Zunge. „Ich habe da eine ganz köstliche Idee!"

Hans-Arthur brauchte täglich drei Tabletten, damit sein Blutdruck nicht nach oben entgleiste und er das gewaltige Gourmet-Pensum als Gastro-Kritiker bewältigen konnte. Ehefrau Heike sorgte zuverlässig für Nachschub und legte ihm diese in das elegante Pillendöschen, das er stets bei sich trug.

Auf seinem vergnüglichen Dienstplan stand heute ein Test-Menü in dem französischen Restaurant „Hercule". Der Tisch war mit Bernadaud auf Damast gedeckt, Kerzen flammten, vor den Fenstern dämmerte heimelig der Abend. Dennoch fühlte sich Hans-Arthur etwas unwohl, genau genommen den ganzen Tag schon. Er hatte gerade begonnen, auf den ersten Schlucken eines „Château Poujeaux" herumzukauen, als plötzlich seine Ehefrau vor ihm stand.

„Was machst *du* denn hier? Ich habe zu arbeiten!"

„Ü-ber-ra-ha-schung!", flötete Heike.

Schon stürzten Annegret, Mechthild, Gina und Dodo heran und kreisten den Verdatterten so lückenlos ein, dass ein Entkommen unmöglich war.

„Alle sind zur Versöhnung bereit!", rief Heike zu laut.

Vier Köpfe nickten heftig.

Hans-Arthurs dicke Lippen zuckten, mit der Serviette wischte er sich über das hochrote, schweißnasse Gesicht.

„Du glühst ja", sagte seine Ehefrau.

Hans-Arthur griff hektisch nach dem Pillendöschen und spülte zwei Tabletten hinunter. Verdammte Bande! Kein einziges Wort würde er mit denen sprechen.

„Ja, natürlich, wir können einen Tisch heranrücken", murrte der Patron und nahm die Kir Royal-Bestellung der Damen auf.

Während die Freundinnen dem „lieben Hans-Arthur" lärmend zuprosteten, quälte sich dieser unter Keuchen mit der „Soupe Julienne".

„Zufrieden, der Herr?“ Der Patron griff nach der Suppenschale.

„Note ausreichend – äh – ich meine: recht gut“, hechelte Hans-Arthur.

„Coq à l'Orange“: Hühnchen mit Orangensauce, dazu Romanescu mit Trüffel-Kruste. Eigentlich eine vielversprechende Angelegenheit, wenn man dem herrlich würzigen Duft glauben konnte, der jetzt wie eine Wolke über den Tisch wehte.

Leider wusste der Herr Gastro-Kritiker die kulinarische Kreation nicht mehr richtig zu würdigen.

Er stocherte das Hühnchen an und schob den ersten Bissen ein. „Nicht kross genug!“, murmelte er noch, bevor er kopfüber auf seinen Teller fiel. Dabei kam auch sein Glas zu Fall, und der rubinrote Wein spritzte in alle Richtungen auf das blütenweiße Damasttischtuch. Die vielen Flecken würde man auch mit *Persil* nicht mehr rauskriegen.

„Hans-Arthur! Ist dir nicht gut?“, schrie Heike drehbuchreif.

Aber es kam keine Antwort. Der Testesser und Freundinnen-Feind hatte definitiv seine letzten Worte gesprochen. Er war tot.

Annegret warf sich als erste in mütterlicher Besorgnis über den Zusammengesackten und betupfte ihn mit ihrem fertig gestickten Batisttüchlein. Mechthild kippte ein Glas Wasser über ihm aus, während Gina den Patron herbeikreischte. Dodo schüttelte Heike, die steif neben dem Tisch verharrte, stumm die Hand.

Richtig Stimmung kam erst nach der Beerdigung auf, als Heike zur „After-Party" in ihre Wohnung einlud. Wie die siegreichen Gladiatoren zogen die einst Verjagten wieder ein und besetzten die vertrauten Plätze.

„Kein Hausverbot mehr!" Sogar Annegret zeigte Temperament.

„Und nie wieder Coq à l'Orange", jubelte Heike. „Zum Teufel mit der ganzen Haute Cuisine!"

Sie hatte vom Feinkostladen eine Platte mit Sandwiches kommen lassen, die üppig mit Kaviar, Schinken, Gurke, Ei und anderen Leckereien belegt waren.

„Schmeckt köstlich!", sagte Gina kauend. „Aber ich kann noch immer nicht fassen, dass alles so leicht ging."

„Ich auch nicht. Die Digitoxin-Tabletten, die ich ihm anstelle der Blutduck-Tabletten hineingetan habe, waren eigentlich mehr eine Verwarndosierung."

„Also hattest du doch nicht den nötigen Mut", meinte Mechthild verächtlich und kippte ihren Wein hinunter.

„Na, Hauptsache, es hat geklappt!“ Dodo nahm sich ungeachtet ihrer Linie erneut ein Stück von den kleinen gebutterten Kuchen.

„Es lebe die Freundschaft!“ Die Gastgeberin griff zum Glas. Sie atmete tief durch und stieß mit jeder Freundin einzeln an. Mit Annegret, Mechthild, Gina und Dodo.

Hercule, der Wirt des gleichnamigen Restaurants, lehnte am Tresen und faltete die Zeitung auseinander. Da stand es ja: „Hans-Arthur Tietjen, der bekannte Gastro-Kritiker, erlag gestern bei einem Essen im Promi-Lokal ‚Hercule‘ 54-jährig einem Herzversagen. Der geschätzte und gefürchtete Restaurant-Tester hinterlässt seine Ehefrau Heike.“

Der Patron lächelte befriedigt. *Den* Kerl war er los. Für immer. Nie wieder würde dieser unqualifizierte Kritiker sein Restaurant verreißen können. So wie damals, als dessen Niedrignoten ihn, den großen Hercule, fast in den Ruin getrieben hatten. Zwei Jahre hatte er gebraucht, um sich wieder auf seine Drei-Sterne hochzukochen.

Sein „Château Poujeaux“, so wusste man, gehörte zur obersten Güteklasse. Für den Herrn Tester war er allerdings nicht so bekömmlich gewesen.

Hercule legte erleichtert die Zeitung zusammen. Dabei wäre ihm, als er Hans-Arthur Tietjen den vergifteten Wein servierte, beinahe noch diese Tussi-Truppe dazwischengekommen ...

AUF DIE FEINE ENGLISCHE ART

Als es passierte, an einem dieser englischen Tee-Nachmittage im Hotel „Vier Jahreszeiten", da war ich ja nur Publikum. Was heißt ‚nur' – geborgen im braunen Rund eines Chippendale-chairs, hatte ich den besten Logenplatz meines nun 70-jährigen Lebens inne. Es war Adventszeit. Draußen, hinter den Scheiben, lag das Nachtgemälde der Alster, leuchtend im Schein einer Riesentanne, im schwarzen Himmel glühten Reklame-Sterne.

Drinnen, in der Heimeligkeit roten Plüschs, dunklen Leders und dämpfender Teppiche beugte ich mich über das viktorianische Service und schenkte mir meinen „Classic English Tea" ein. Kräftig aromatisch, aus Assam, Ceylon und Kenia, dazu ein wenig Sahne aus dem Kännchen, so wie es beim Afternoon-tea nun mal dazugehört. Wohlig wälzte ich den Schluck im Mund und wartete. Worauf? Darauf, dass sich der Vorhang hob. Der unsichtbare Vorhang für eine Salonkomödie. Noch besser wäre natürlich eine Tragödie, denn meine reizarme Solo-Existenz brauchte dringend eine Auffrischung. Warum gönnte ich mir denn so oft diese kostspielige tea-time mit sandwiches, scones, clotted cream and so on? Eben. Bestimmt nicht nur, weil ich mal Oberstudienrätin für Englisch war.

Ich durchwitterte die Atmosphäre. Nein, das Licht des Kronleuchters flackerte nicht; der hanseatische Ratsherr im Goldrahmen blickte nicht düsterer als sonst, am Piano perlte wie immer Gershwin. So schaute ich wieder zu der silbernen Etagere auf meinem Tisch, von der mich Pikantes und Süßes verlockend anlachte. Gerade hatte ich mir ein Gurken-Sandwich auf den Teller bugsiert, als es im Tee-Salon plötzlich still wurde. Ein Auftritt! Und was für einer! Unser makel- und zeitloser Empfangschef geleitete eine Königin durch den Raum. Ja, die Samtkappe auf dem welligen Blondhaar musste eine Krone sein, denn die Dame ging nicht – sie schritt. Schwarz und samten auch das Kleid mit Spitzeneinsatz, weihnachtlich überglänzt von Juwelen. ‚Juwelen', das klingt altmodisch, aber Diamanten und Brillanten konnte ich leider noch nie unterscheiden. An einem Vierer-Tisch, für mich in bester Bühnensicht, rückte ihr unser Empfangschef das Sesselchen zurecht.

Ich ließ mein Gurken-Sandwich ruhen und betrachtete sie. Diskret natürlich. Ein Gesicht, zart wie ein verblasster, alter Brief. Fünfzig plus sagt man heute, aber ich nenne es inbetween. Zwischen den Altern. Schon irreparabel verblüht, aber noch hungrige Hoffnung in den Augen. Das hatte ich zum Glück hinter mir. Ich schielte nicht zu Männern, sondern zu den aufgeschichteten Delikatess-Schnittchen.

Ein Kellner brachte der Dame den dunklen Holzkasten. Zwölf Sorten Tee unter Glas – die „Speisekarte". Sie tippte mit reich beringter Hand nach oben, offenbar mochte auch sie die „Classic"-Variante. Wenig später standen Stövchen, Kanne und Etagere auf ihrem Tisch. Sie hob die Tasse, und ich fing ihren Blick. Lebenshunger? Nein, ich musste mich geirrt haben, ihr Kleiderglanz war eine Täuschung. Bestürzend nackt erschien mir dieser Blick, wie preisgegeben, als könne sie nichts mehr verletzen. Jetzt schloss sie die Augen, schmeckte lange, lange den Tee. Nein, nicht genussvoll, sondern eher so, als schmecke sie ihn das letzte Mal. Schlucke des Abschiednehmens? Sie hielt sich gerade, aber ihre Geste war müde, als sie sich nun ein Sandwich nahm. Eine Einsame, dachte ich, Miss Einsamkeit persönlich. Ich würde sie Blanche nennen, so wie die Südstaaten-Schönheit in dem Drama von Tennessee Williams.

Ich hatte sie inzwischen mit einem Krabben-Sandwich überholt. Was feierte diese aufpolierte Lady da mit sich selbst? Ich wollte meine Neugier schon im Tee ertränken, als mich weitere Geschehnisse wieder aufstörten. Die Elegische hatte eine feinrandige Brille aufgesetzt und las, wiederkehrend wie

bei einem Rosenkranz, die wenigen, auf einen flie-
derfarbenen Bogen geschriebenen Briefzeilen.
Endlich steckte sie den Umschlag zurück in ihre
Krokotasche.

Das Ritual ihrer festlichen Teestunde hatte plötzlich einen Riss bekommen, sie rührte nichts mehr
an. Ich dagegen war schon bei der mittleren Ess-
Etage angelangt und holte mir Trüffel, kleine
Windbeutel und Baisers auf den Teller. Ich kaute
und wartete. Wartete mit Blanche, deren Blick zwischen Armbanduhr und Eingang pendelte. Sie
schien jetzt verschwitzte Unruhe auszuströmen.
War da nicht Angst in ihren Augen? Wie vor einer
Hinrichtung, dachte ich, und gestand mir zugleich
ein, dass ich die Gefühle vor einem Zwangstod nun
wirklich nicht kannte.

Was da nahte, war aber zum Glück erfreulicher.
Für mich jedenfalls. Ein Herr, schlank, zirka Ende
vierzig, und so gutaussehend, dass ich ein paar
Jahrzehnte früher bestimmt nicht nur Tee mit ihm
getrunken hätte. Mit dem satinglatten schwarzen
Haar allerdings eine Spur zu ölig. Unser Empfangschef führte ihn zu dem Vierertisch und beugte
sich zu der Lady hinüber. Ich bemerkte, wie sich
ihr Körper zu einem verärgerten Nein versteifte,
dann gelang ihr ein schmales Lächeln. Kein Zweifel, diesen Mann hatte sie nicht erwartet, das war

ein Zufallsgast. Ich schluckte endlich den Trüffel hinunter. Ob jetzt der zweite Akt begann?

Leider konnte ich nicht verstehen, was er sagte, mein Gehör ist nicht mehr das beste, aber eines verstand ich sofort: Der Smarte im grauen Flanell war auf Eroberungskurs. Ausgerechnet bei dieser einsamen Schönen, die dem Leben doch offensichtlich good-bye sagte. Vielleicht reizte ihn gerade das, oder glänzten ihn ihre Juwelen an? Blanche, pass auf, hätte ich ihr gern zugerufen. Zu spät. Als ich erneut über mein Tässchen linste, war bei beiden schon das Stadium schäumenden Champagners und schwirrender Hormone erreicht ... Der nächste Akt, so ahnte ich, würde sich sehr konkret vollziehen, vielleicht sogar im „Vier Jahreszeiten"? Oh, ja, ich erinnerte mich ... Jetzt sollte ich zu den kleinen süßen scones übergehen. Ich teilte das Teebrötchen in zwei Hälften – und ließ fast das Messer fallen.

Noch ein Mann! Es war nicht zu fassen! Mit raschem Schritt, in dem vorweg genommene Wut schwang, hatte er sich dem Tisch genähert: Mitte fünfzig, marineblauer Blazer, scharfe Züge, in der Hand so eine Art Hebammen-Tasche. Er trat auf die Lady zu und streifte routiniert ihre Wange. Dann ein verkniffener Blick zu dem Fremden, dem Rivalen, musste ich ja wohl sagen. Blanche breitete zwar noch versöhnlich ihre Arme aus, aber da war der Smarte schon im Absprung. Noch immer mit diesem gewinnenden Lächeln. Wer zuletzt lacht, lacht am besten, fiel mir ein.

Der Typ, der jetzt an ihrem Tisch saß, war nicht so mein Fall. Zu kalt. Tief liegende Augen und ein Blick, mit dem er alles um sich herum abtastete. Und dann diese Show, die er da hinlegte. Als sei nur diese Frau seine wahre, einzige Herzdame. Wie er ihr jetzt über die Unterarme strich, ihre Fingerspitzen küsste und ihr Hypnotisches zuflüsterte. Blanche, pass auf, rief ich ihr im Stillen zu, aber sie hörte mich natürlich nicht. Stattdessen ließ sie ihn über ihre Haut kriechen, als sei es für Widerstand einfach zu spät. Sie nickte zustimmend, er rief den Kellner, dann schob er sie am Arm aus dem Tee-Salon.

Ich strich nachdenklich den Rest der roten Marmelade auf und verspeiste das nächste scone. Irgendwann war die Teekanne leider leer, die Etagere bis zum letzten Kekschen abgeräumt. Ich bezahlte und wollte gerade gehen, als hinter den Fenstern Geflacker aufschien. Blaulicht! Ein Rettungswagen! Das Licht blieb, zuckte unaufhörlich weiter. Also ein Notfall im Hotel. Während die Gäste noch synchron nach draußen starrten, eilte ich aus dem Salon in die Halle und verschanzte mich hinter einer der dicken Steinsäulen.

Was war hier los? Um mich herum Gelaufe, unterdrückte, zischende Stimmen, Befehle, die panisch hin und her flogen. „Um Himmels willen, doch nicht durch den Haupteingang!" Aber da schaukelte schon die Trage heran, und bevor ich die reglose Gestalt noch erkannt hatte, wusste ich es: Blanche. Sehr weiß sah sie aus – erschreckend, wie der Name nun zu ihr passte. Neben ihrem Kopf lag die Samtkappe, die Lider waren geschlossen. Bewusstlos, konstatierte ich. Oder war sie etwa schon ...?

Die Lady tat mir wirklich Leid. Auch wenn sie wohl unanständig reich war, so hatte mich ihre zarte, lebensmüde Erscheinung doch stark berührt. Ich brauchte jetzt was – nein, keinen Tee, etwas Kräftiges, das sich eher in Prozenten ausdrücken ließ. In der Hotelbar hangelte ich mich auf einen Hocker und bestellte intuitiv einen „Ladykiller". Ob das Stück noch weiter ging? Nein, nicht für mich. Ende der Vorstellung. Etwas frustriert machte ich mich auf den Heimweg.

Ich hatte kaum noch an die Sache gedacht, aber dann, zwei Tage später, sprang es mir im „Hamburger Abendblatt" entgegen: „TODESWUNSCH BEIM TEE? Ein mysteriöser Fall ereignete sich am frühen Mittwochabend im Hotel ‚Vier Jahreszeiten'. Nach dem Besuch des ‚Afternoon-tea' im dortigen Teesalon wurde Elsbeth W., die 54-jährige Witwe eines Hamburger Juweliers, bewusstlos in einer Suite aufgefunden. Neben ihr lag ein Abschiedsbrief. Aufgrund eines Hinweises konnte die Polizei inzwischen mit Dr. Volker B., dem Hausarzt der Witwe, sprechen. Dieser gab an, Elsbeth W. habe schon öfter Selbstmordabsichten geäußert und in jenem Hotel sterben wollen, in dem ihr einst die große Liebe ihres Lebens begegnet sei. Ist der Arzt selbst in das Geschehen verwickelt? Elsbeth W. liegt zurzeit noch im Koma. Die Polizei hofft, sie demnächst befragen zu können."

Die arme Blanche. Oder vielmehr Elsbeth. Was für ein dummer Name. Passte überhaupt nicht. Selbstmord? Im Flirt mit dem flanellgrauen Fremden war sie doch so wunderbar aufgelebt, sogar Visitenkarten hatten die beiden ausgetauscht. Schade. Diese schaumige Abwechslung hätte sie sich ruhig gönnen sollen.

Das dachte ich solange, bis ich die nächste Meldung las: „VERBRECHEN ZUR TEEZEIT? Im Fall Elsbeth W., der noch immer im Koma befindlichen Juwelierswitwe, vernahm die Polizei den 48-jährigen Dirk M. Dieser erklärte, am besagten Mittwoch im Teesalon des Hotels ‚Vier Jahreszeiten' die Witwe kennengelernt zu haben. Nachdem, so Dirk M., ein offenbar langjähriger Bekannter der Dame am Tisch erschienen sei, sei er aufgestanden und ins Foyer hinübergegangen. Von dort habe er später beobachten können, wie das Paar in einem erregten Wortwechsel in den Fahrstuhl gestiegen sei. Nach zirka fünfzehn Minuten sei der Mann allein wieder heruntergekommen und habe, eine Art Hebammentasche in der Hand, fast im Laufschritt das Hotel verlassen.

Er, Dirk M., habe den Kontakt zu der Dame unbedingt vertiefen wollen, diese sei aber nach Auskunft des Portiers nicht ans Telefon gegangen. Er habe sich irgendwie Sorgen gemacht und deshalb veranlasst, dass nach der Dame geschaut würde, und bedauerlicherweise habe man sie dann ja dem Tode nahe aufgefunden.

Wie die Angaben des Dirk M. zu bewerten sind, ist nach Aussage der Polizei noch unklar. Der Zeuge habe eine mehrmonatige Haftstrafe wegen schweren Diebstahls abgesessen, und es sei nicht auszuschließen, dass er den lebensbedrohlichen Zustand von Elsbeth W. selbst verursacht habe."

Der Smarte ein Dieb! Oder sogar ein Mörder. Das hätte ich nun nicht erwartet. Vielleicht sollte ich meinen Tee doch lieber zu Hause trinken ...

Einen Tag später kam die erlösende Nachricht: „ZUM LEBEN ERWACHT. Elsbeth W. beschul-

digt ihren Hausarzt. Gestern Abend erwachte die Juwelierswitwe Elsbeth W. (wir berichteten) aus ihrem Koma und machte der Polizei eine sensationelle Mitteilung: Es sei richtig, dass sie sich in Selbstmordabsicht ins Hotel ‚Vier Jahreszeiten' begeben habe, da sie ohne ihren geliebten Mann nicht mehr habe leben wollen. Ebenfalls sei richtig, dass ihr Hausarzt Dr. Volker B. ihr beim Sterben habe assistieren sollen und sie ihm als Gegenleistung ihr Vermögen vererbt habe. Vor dem Treffen habe sie jedoch im Teesalon die Bekanntschaft von Dirk M. gemacht, es habe auf beiden Seiten ‚gefunkt', und deshalb habe sie ihren Selbstmordplan aufgegeben. Schon am Tisch und später auf dem Hotelzimmer, als sie ihre Sachen habe holen wollen, habe sie dies ihrem Arzt ganz entschieden mitgeteilt, der jedoch habe ihr die bereit gehaltene Lösung gegen ihren Willen und mit Gewalt injiziert – "
Ich hatte gerade Tee im Mund und verschluckte mich prompt. Leider habe ich niemanden, der mir auf den Rücken klopfen kann, und so brauchte ich eine Weile, bis alles wieder funktionierte. Arme Blanche. Hoffentlich wurde dieser dubiose Arzt zur Rechenschaft gezogen. Ich sag's ja: Man erkennt den Menschen an den Augen. Seine hatten mir von Anfang an nicht gefallen.

Der Schluss des Artikels beruhigte mich dann wieder: „Dr. Volker B. wurde inzwischen festgenommen. Dass sie überlebt hat, verdankt Elsbeth W. dem ehemaligen Hoteldieb Dirk M. Dieser hatte sich nach eigener Aussage so heftig in sie verliebt, dass er das Tête-a-tête am Teetisch noch am selben Tag hatte fortsetzen wollen. Durch sein beherztes Eingreifen war die bewusstlose Elsbeth W. gerade noch rechtzeitig ins Krankenhaus gekommen.

Sie hatte doppeltes Glück: Das hoch dosierte Narkose-Medikament Ketamin war durch ihre verzweifelte Gegenwehr nicht in seiner vollen Menge in ihren Körper gelangt."

Ob die schöne Witwe ihren Hoteldieb wohl bekommen hat? Ich hoffe es, denn eigentlich liebe ich nur Stücke mit Happy End. Ach ja, was ich noch sagen wollte: Ich sitze wieder im Teesalon und bin froh, dass es heute so ruhig ist.

GIFTIGES GLÜCK

Der persische Familienrat hatte es beschlossen: Nina, die junge schöne Lebensgefährtin des Hamburger Teppichhändlers Reza Milani, musste sterben. An sich ist die Mörderrate unter Iranern äußerst gering, aber wenn über dem halben Clan der Pleitegeier kreist, dann kann schon mal eine Leiche anfallen. Schlimm genug, dass Reza ihnen so eine Mesalliance beschert hatte. Doch dass diese Nina jetzt die gesamte Existenz der Milanis bedrohte, das ging entschieden zu weit ...
Mit dem 50-jährigen Reza Milani stand es nicht zum besten. Lungenkrebs lautete die Diagnose, und gerade mal drei Monate hatten ihm die Ärzte noch gegeben. Tja, das war eben Kismet – Schicksal –, und Allah würde schon wissen, was er tat. So jedenfalls dachte der Clan. Dazu gehörten die hagere, hakennasige Schwägerin Hamide; ihr kleiner, kugelrunder Mann Farhad, Unfallchirurg und etwas jünger als Reza; der smarte Parviz, ebenfalls Teppichhändler und Jüngster im Bruder-Trio, sowie Shirin, seine puppenhübsche Angetraute. Klar, man hatte einiges versucht, Mayo-Klinik und so, doch das hatte nichts gebracht, und schließlich musste man sich, wie Reza selbst, den dunklen Schwingen des Unvermeidlichen anvertrauen.

Dann allerdings war etwas passiert, das den Fatalismus der lieben Verwandten schlagartig erschüttert hatte: Reza hatte ihnen erklärt, dass er sein gesamtes Vermögen seiner deutschen Lebensgefährtin überschreiben wolle. Nina, der Sonne seines Herzens, die nun schon so viele Jahre sein Dasein begleite und erwärme. Ein paar Tage nach dem Noruz, dem orientalischen Neujahrsfest und höchsten Feiertag im Persischen Kalender, war ein Termin beim Notar angesetzt. Mit einer müden und dennoch entschiedenen Geste hatte Reza seine Erklärung besiegelt. Selbst die wortreiche Hamide war da sprachlos gewesen, und jeder aus dem Quartett schien eine dicke Kröte verschluckt zu haben, die er erst mal runterwürgen musste.

Dann war es irgendwie zu diesem ziemlich unfeinen Plan gekommen. Aber hatte überhaupt jemand das schicksalsschwere Wort „Mord" benutzt? Jedenfalls traf man sich auf einen Nachmittagstee bei Hamide und Farhad, kurz nach Rezas unglückseliger Eröffnung, um zu viert die Sache einmal gründlich durchzusprechen. Hamide reichte das Messingtablett mit den Teegläsern herum und ließ sich in den Ohrensessel fallen. Sie ballte die Fäuste.

„Ich kann es nicht fassen, dass diese Ausländerin Rezas gesamtes Vermögen erben soll. Dabei sind sie noch nicht mal verheiratet ...“

„ ... leben aber seit fünfzehn Jahren zusammen“, unterbrach sie Parviz.

„Umso schlimmer!“ Hamide funkelte ihren jungen Schwager an, als sei er persönlich für diese unsittliche Verbindung verantwortlich. „Und dann ihre Vergangenheit ...“

„Sie war mal Miss Norderney“, bemerkte Shirin und reckte ihre ansehnlichen Brüste unter dem Lurexpulli.

„Eben!“ Mit einem lauten Klirren setzte Hamide ihr Teeglas ab. „Und als Hausfrau taugt sie auch nichts. Angeblich hat sie mal eine Kochschule besucht, dabei kann sie bis heute noch keinen Reis kochen.“ Hamide wandte den Blick zu ihrem Mann. „Verdammt nochmal, nun sag du doch auch mal was!“

Farhad zuckte zusammen und ließ die Spielkette, die wie ein Rosenkranz durch seine Hände geglitten war, abrupt auf seinen dicken Bauch fallen. „Ja, ja“, murmelte er mit unbewegtem Gesicht. Mein Gott, wie er dieses hässliche, knochige Weib hasste! Wie lange sollte er es noch ertragen, dass sie ihn täglich auf übelste Art demütigte und vor aller Ohren bloßstellte? Auch wenn er ihr eigenhändig diese Höckernase operiert hätte – sie würde ein Scheusal bleiben. Was für ein Glückspilz war doch Reza, mit dieser blumenhaft schönen jungen Frau, die ihn in jeder Sekunde umsorgte und nur Augen für ihn hatte. Aber Reza würde sterben, und sein Vermögen würde fremde Gärten wässern. Nein, das durfte nicht sein. Was soll aus meinen fünf Töchtern werden?, dachte er verzweifelt. Erst zwei hatte er verheiraten können. Und nun, nachdem man die chirurgische Abteilung geschlossen hatte, war er sogar arbeitslos.

Hamide bestrafte Farhads spärliche Reaktion mit einer wütenden Wegwerfbewegung und nahm ihren Schwager ins Visier.

„Der Notartermin ist am 10. April", sagte sie scharf. „Bis dahin muss die blonde Nutte verschwunden sein."

„Ja, muss sie." Parviz drehte nervös an seinem Karneol-Ring. „Aber wie?"

Ohne Rezas Geld, dachte er, könnte er in der Tat einpacken. War er überhaupt noch ein ehrbarer Teppichkaufmann? Nein, schon längst war er Sklave der Bank geworden. Es sei denn, der nächste Besuch im Spielkasino riss ihn doch noch raus. Und dann Shirin mit ihren Ansprüchen. Escada-Klamotten, Pelze, der Mazda ... Mein Kamel scheißt doch kein Gold, dachte er ärgerlich.

„Aber wie?", echote seine junge Frau.

„Wir machen es am Noruz", entschied Hamide.

„Bei all dem Festtagstrubel und dem reichlichen Essen kann man sich doch leicht etwas zuziehen. Wir tun ihr was in den Wein oder Kaffee – sowas Widerliches trinkt doch keiner von uns!"

„Aber das ist ja Mord!" Shirins schwarze Telleraugen wurden noch größer.

Hamide antwortete nicht. „Farhad", herrschte sie ihren Mann an, „du übernimmst das. Du kennst dich als Arzt am besten aus, dann kann gar nichts schiefgehen." Alle blickten auf Farhad, dessen Blick hilflos hin- und herflatterte.

„Aber gerade als Arzt kann ich doch nicht ..."

„Ja, du kennst dich aus", wiederholte Parviz.

„Ist irgendjemand gegen den Plan?" Hamide sah gebieterisch in die Runde. Keiner sagte was. „Also, Farhad, du befreist uns von dieser Erbschleicherin. Ist das klar?"

„Ja."

„Schwöre es beim Leben deiner Mutter."

Farhad hob die Hand. „Ich schwöre es."

Noruz, das persische Neujahrsfest, beginnt am 20. März, das ist in der westlichen Welt der Tag des Frühlingsanfangs. Dreizehn Tage lang besucht man sich zum Essen und bringt kleine Geschenke mit.

Beim Wettstreit, wer Gastgeber der großen Eröffnungsparty sein durfte, hatte sich diesmal Farhad, d. h. genauer gesagt natürlich Hamide, durchgesetzt. Um 14 Uhr war der in Louis Quinze und mit kostbaren Perserteppichen eingerichtete Salon der Arztvilla mittlerweile rappelvoll. Die letzten Gäste trudelten ein, Küsschen hier, Küsschen dort, und Hamides und Farhads hakennasige Zwillingstöchter mussten schon zugunsten der Älteren auf einem Bodenkissen Platz nehmen. In der Ecke war mit einem Kelim der traditionelle Noruz-Tisch gedeckt. Darauf waren sieben Dinge arrangiert, die alle mit „S" begannen und Gesundheit und Neubeginn symbolisierten: Ssombol (Hyazinthe), Ssib (Apfel), Ssabsi (Weizensprossen), Ssamanu (Malzspeise), Sserkeh (Essig), Ssekeh (Goldmünze) und Ssir (Knoblauch). Daneben lag, als einziges religiöses Requisit, der Koran.

Schnell rückten alle zusammen, als sich nun das Familienoberhaupt, der todkranke Reza Milani, auf den bequemsten Sofaplatz setzte. Sein edel geschnittenes Gesicht unter dem vollen weißen Haar und den schwarz gefärbten Augenbrauen sah glücklich und entspannt aus, ja geradezu gesund, wie Hamide irritiert feststellte. Ein Zug, der sich jedes Mal vertiefte, wenn seine neben ihm sitzende weizenblonde Geliebte ihn von Zeit zu Zeit zärtlich anblickte.

Nina schaute in die Runde. Was habe ich für ein Glück, dass ich in so einer warmherzigen Familie lebe, dachte sie. Nur schwarze Augenpaare, stellte sie erneut befriedigt fest. Sie allein stach mit ihren wundervollen kornblumenblauen Augen heraus. Die Augen ihrer Mutter, die wie immer verwirrt dem deutsch-persischen Sprachmix lauschte und vergeblich mit dem Öffnen der Pistazien-Schalen kämpfte, zählten nicht, die waren inzwischen wässrig-grau geworden.

Nina sprang auf und stakste in die Küche.

„Kann ich dir was helfen?"

„Nein, nein!" Hamide fauchte fast und schob die junge Frau energisch zur Tür. In der Tat war es in der kleinen Küche ziemlich voll, denn auch Farhad machte sich hier zu schaffen.

Plötzlich klingelte es an der Tür. Noch ein Gast? Hamide stürzte mit ihrer Familie zur Tür.

„Ah, Frau Doktor, ssalam! Gesegnet sei Ihre Ankunft!"

„Ssalam! Möge Ihr Haus blühend sein!" Frau Doktor Fatimeh Kaleghi, Ärztin für Radiologie, überreichte der Hausfrau eine Schachtel Pistazien und tauschte die obligaten Begrüßungsküsse aus. Sie war eine orientalische Beauty in den besten Jahren, klein, aber mit einem beachtlichen Busen und seidigen, lackschwarzen Haaren, die sie als Innenrolle trug. Trotz ihrer attraktiven Erscheinung dauerte ihre Witwenschaft nun schon zwei Jahre, und es war höchste Zeit, so fand sie, erneut den würdigeren Status einer Ehefrau zu erreichen.

Farhad führte die Dame ins Wohnzimmer, wo schon alle Familienmitglieder inklusive Ninas gallenkranker Mutter an ihrem Tee nippten, und schenkte ihr ein.

„Merci!" Frau Doktor Kaleghi legte eine Ladung Charme in ihr Lächeln. Doch ihr Arztkollege sah bereits in eine andere Richtung. Erst als die Frau Doktor, mit Papier fächelnd, den obersten Knopf ihrer nachtblauen Bluse öffnete, blieb Farhads Blick erstaunt an ihr hängen – um sich kurz darauf wieder an Ninas schlanker Sexy-Erscheinung festzusaugen.

Endlich bat Hamide, wie üblich ganz in Altersschwarz, ins Esszimmer, und man nahm dicht gedrängt an der meterlangen Tafel Platz. Frische Kräuter türmten sich auf einem Teller, Fladenbrot duftete, diverse Auberginen-, Sesampasten- und Gurken-Jogurt-Pürees lockten als Vorspeisen. In der Mitte riesige Platten mit Reis, zubereitet mit Dill und dicken grünen Bohnen. Auf weiteren Platten war der traditionelle zum Noruz gehörende Weißfisch angerichtet. Vor jedem Gast stand ein Glas mit Dugh, dem orientalischen Jogurt-Mineralwasser-Getränk. Nur bei Ninas Gedeck leuchtete ein Glas Wein – eine einzige blutrote Provokation.

In dem nun einsetzenden Essenslärm fiel mit Sicherheit nicht auf, dass einige Personen immer wieder verstohlen zu Nina hinüberschauten. Genussvoll spülte diese den Wein hinunter – Farhad musste ihr schon zum zweiten Mal nachschenken. Sie schien gar nicht zu merken, dass sie mit lauernder Gespanntheit beobachtet wurde: von Shirin, die wie eine Zwangsneurotikerin ihr Diamant-Armband polierte, von Parviz, der es offenbar auf einen Schnelligkeitsrekord im Reisvertilgen abgesehen hatte, und von Hamide, die mit stechendem Sezierblick jeden Schluck der verhassten Erbin in spe verfolgte. Nur Farhad wirkte ruhig.

Rezas Wangen hatten sich inzwischen gerötet, und er war immer lebhafter geworden. Stolz legte er den Arm um seine dekorative Dauergeliebte, als diese plötzlich ihr Glas hob und ein „Besalamati" losschmetterte. Spontan griff Reza nach ihrem Glas, um einen Schluck zu nehmen – da ließ ihn ein schneidendes „Nicht, Reza, nicht!" innehalten. Erstaunt legten alle die Löffel nieder.

„Ich meine doch nur … bei deiner Krankheit …
das verträgst du doch nicht", stotterte Parviz.

„Und ob ich das vertrage", rief Reza lachend und
leerte in einem Zug das Glas. Shirin und Parviz
hielten entsetzt den Atem an und blickten hilfesuchend zu Hamide, die sich abrupt erhob.

„Komm", befahl sie ihrem Mann, „wir müssen
noch Reis holen." Gehorsam dackelte der kleine
Dicke seiner größeren Frau in die Küche hinterher.

„Du elender Betrüger", zischte sie. „Was ist los?
Die Hündin hat jetzt schon das vierte Glas Wein
getrunken, und es tut sich nichts. Außer, dass du
vielleicht noch deinen Bruder umbringst."

Farhad verschränkte in einer ungewohnten Auf-
müpfigkeit die Arme. „Beruhige dich. Ich hab den
Plan etwas geändert: Das Pulver kommt in ihren
Kaffee. Ihr Schicksal ist besiegelt."

„Na, hoffentlich. Sonst ..." Hamide ließ ihre Hand
durch die Luft sausen. Dann eilten beide zu den
Gästen zurück.

Endlich konnte man den verwüsteten Tisch sich
selbst überlassen, und alle begaben sich in den Salon zurück. Hier wurden die Obstteller herumge-
reicht, und man begann sogleich, sich Orangen und
Äpfel zu schälen. Einige griffen auch zu den shiri-
ni, den zuckerreichen persischen Süßigkeiten.

Reza und Nina hatten sich mittlerweile in einen geradezu euphorischen Zustand gesteigert. Parallel dazu schien sich auch die Rockkürze der Deutschen gesteigert zu haben, denn jetzt sah man die Spitze eines halterlosen Strumpfes aufblitzen. Gierig verschlang Farhad die Blondine mit seinen Blicken. Diese süße Zypresse wird bald mir gehören, dachte er befriedigt. Wenn Reza nicht mehr ist, dann werde ich sie übernehmen, ich bin schließlich sein Bruder ...

Während das unschickliche Turtelpaar immer fröhlicher lachte, gefror Hamide zu eisiger Starre. Sie wirkte jetzt wie eine Scharfrichterin, die einem unsichtbaren Tribunal vorsteht. Frau Doktor Kaleghi dagegen gab sich fast begeistert der entspannten Atmosphäre hin und gewährte ihrem Arztkollegen immer wieder Einblicke in ihr imponierendes Dekolleté.

„Na, wir können es ja jetzt verraten", strahlte Reza gutgelaunt. Er rückte seine silbergraue Armani-Krawatte zurecht und richtete sich auf. „Nina und ich haben vor einer Woche geheiratet. Und morgen geht's ab in die Karibik. In die Flitterwochen." Das Schweigen dauerte unziemlich lange, doch dann brach doch noch Glückwunschtrubel los, und die hakennasigen Zwillinge hängten sich ihrem Onkel rechts und links an den Arm. Keiner wagte eine

Anspielung auf Rezas Krankheit zu machen. Einige wenige Personen gratulierten sogar honigsüß, da sie die freudige Gewissheit hatten, dass diese legalisierte lachende Erbin den Tag nicht überleben würde.

Farhad ging in die Küche und bereitete den Tee und für Nina den Kaffee vor. Er füllte die Teegläser auf dem Messingtablett, unter denen ein prächtiges, mit Gold verziertes Glas herausragte. Seitdem sie das Stück als Souvenir aus St. Petersburg mitgebracht hatten, trank seine Frau nur noch daraus. Schnell zog er aus seiner Hemdentasche ein Tütchen mit weißem Pulver hervor und rührte es sorgsam in das Petersburger Glas. Dann brachte er die Tabletts in den Salon.

Fast synchron nahmen Hamide und Nina den ersten Schluck zu sich. Während sich Hamide ein Stück Zucker in den Mund schob und weitertrank, fasste sie über den Gläserrand ihre Feindin genau ins Auge.

„Schmeckt ausgezeichnet, dein Kaffee!" Nina lächelte Farhad anerkennend zu. Ihr frischgebackener Schwager lächelte zurück und blickte dann mit beunruhigter Miene zu seiner Frau hinüber.

„Was ist denn das? Mir verschwimmt alles vor den Augen!" rief Hamide. Ihr Oberkörper schwankte hin und her, krampfhaft versuchte sie, sich an der Sessellehne festzuhalten. Farhad und der Clan eilten sogleich an ihre Seite, und gemeinsam brachte man sie ins Schlafzimmer hinauf. Shirin trug das Petersburger Glas hinterher und erbot sich, weiteren Tee zu machen, aber das wollte Farhad lieber selbst tun. Nachdem er alle wieder in den Salon dirigiert hatte, ging die Party ohne Hamide weiter.

„Wahrscheinlich hat sie irgendetwas nicht vertragen, sie muss sich jetzt eine Weile ausruhen", sagte der Hausherr.

„Die Arme. Vielleicht waren auch die Noruz-Vorbereitungen zuviel für sie", meinte Frau Doktor Kaleghi in teilnehmendem Ton.

„Dafür geht's jetzt meinem Mann wieder richtig gut!" Aus Nina platzte es nur so heraus, und sie knuffte ihren Reza in die Seite. Wie auf Donnerschlag sahen alle zu dem so unpassend heiteren Paar hinüber. Wie kann's einem denn bei Lungenkrebs gut gehen, dachte Farhad und schüttelte innerlich den Kopf.

„Nun sag's doch, Reza-djan", drängte Nina. „Schließlich ist es die glücklichste Nachricht in unserem Leben."

Reza lächelte fast verlegen. „Ja, wir waren in London. Ich bin an der Lunge operiert worden. Es gibt keine Metastasen mehr." Er zögerte, dann lächelte er erneut. „Ich bin geheilt."

„Operiert?", rief Parviz. „Und wir dachten, ihr macht dort Urlaub ..."

Doch dann brach auch schon jubelndes Geschrei los, alle stürzten auf den Genesenen zu, und nur Farhad war fahlgrau zusammengesackt. Mit Sicherheit tat jetzt Hamide gerade ihren letzten Seufzer, das Gift musste gewirkt haben, und er war sie endlich los – aber Nina, das Ziel seiner begehrlichen Träume, würde ihm für immer entschwinden. Dabei wäre es doch ganz legal gewesen, wenn er die junge Witwe seines Bruders übernommen hätte, ein selbstloser Akt der Verantwortung sogar. Oh, Allah! Verzweifelt raufte er sich seine letzten drei Haare.

„Gelobt sei Allah! Was für eine gute Nachricht. Das wird auch Ihre Frau freuen. Kommen Sie, wir gehen hinauf." Schon hatte Frau Doktor Kaleghi Farhad mit sich gezogen.

Im Schlafzimmer bot sich ihnen eine Szenerie des Grauens. Hamide lag gekrümmt wie ein schwarzer Wurm auf dem Ehebett, ihr speckgelbes Gesicht hatte sich grauweiß verfärbt, aus ihrem Mund hatte sich eine mehrfarbige Masse bis auf die Decke ergossen. Auf dem Boden lag zerbrochen das Petersburger Glas.

„Mein Gott, Hamide, was ist denn mit dir?" Farhad wollte auf das Bett zugehen, doch Frau Doktor Kaleghi drängte sich schnell vor ihn.

„Bleiben Sie stehen", sagte sie leise und bestimmt. „Ich kümmere mich darum." Sie machte sich an der Reglosen zu schaffen und musste erkennen, was auch jeder nicht zur ärztlichen Zunft Gehörende erkannt hätte: Hamide Milani hatte ihre boshafte Seele ausgehaucht und war nur noch als unappetitliche Hülle präsent.

Frau Doktor Kaleghi erhob sich, ging auf Farhad zu und drehte ihn zum Fenster.

„Farhad – ich darf Sie doch so nennen? – Farhad, Sie müssen jetzt stark sein: Ihre Frau hat die Pforte zum Paradies durchschritten." Behutsam und fest zugleich legte sie ihren Arm um den so plötzlich Verwitweten, der mit den Anzeichen eines Schocks sein Gesicht hinter den Händen versteckte und ein paar dezente Entsetzenslaute von sich gab.

Frau Doktor Kaleghi wurde sachlich. „Ich nehme an, ein Magengeschwür, stimmt's?"

„Ja, sie hatte ein Magengeschwür", flüsterte Farhad.

„Das ist durchgebrochen, dazu vermutlich eine Bauchfellentzündung."

Mit den Worten „Bleiben Sie hier, bis ich zurück bin" drückte die Frau Doktor Farhad in einen Sessel, eilte zum Auto und kam mit Arzttasche plus Todesbescheinigung zurück. Sie blickte dem Hinterbliebenen tief in die Augen.

„Ich stelle den Totenschein aus. Du kannst – Sie können sich voll und ganz auf mich verlassen."

Farhad nickte automatenhaft. Dann führte ihn Fatimeh Kaleghi in den Salon hinunter und verkündete allen den schrecklichen Schicksalsschlag. Sofort brach ein fürchterliches Gejaule los, das zu immer neuen jammervollen Klagen anschwoll. Nur Nina und Reza verharrten in bedrücktem Schweigen.

Am nächsten Tag flog das Liebespaar in die Karibik davon. Diesmal hatte sich kein einziger Verwandter geschweige denn die übliche Verabschiedungsdelegation am Flughafen eingefunden.

Vier Wochen später machte sich auch Frau Doktor Fatimeh Milani, verwitwete Kaleghi, mit ihrem Mann Farhad zur Hochzeitsreise in die Karibik auf.

SÜßER TOD

Die Insel glühte letzte spätsommerliche Hitze aus. Das Gras auf der Hügeldünung, die sich hoch hinauf bis zum Kliff wellte, verdorrte in lehmigem Gelb, im Dickicht der Sanddorn-Büsche leuchtete schon das Orange der Beeren.

Uschi hatte hinaufstürmen wollen, bis zur Spitze, dorthin, wo der Leuchtturm seine rote Haube in den Himmel sticht. Die Seele in den Wind halten, Weite atmen, die Wut im Tintenblau der See versenken. Doch dann war sie, kaum auf halber Höhe, auf diese Bank gesackt, kraftlos und wie leer gesogen.

Die Sonne brannte jetzt senkrecht. Sie wölbte eine Hand über den Kopf, über das falsche, gekonnt verstrubbelte Blond, und schloss die Augen.

Es stimmte, ihre Rundungen, speziell die hinteren, wirkten provozierend. Aber gab das fetten, mit ebenso fetten Portemonnaies versehenen Männern das Recht, ihr, der kleinen Kellnerin, schamlose Angebote zu machen? Der feine Herr von gestern hatte es zu weit getrieben, und da war etwas bei ihr durchgeknallt: Die Edelfisch-Platte „Poseidon" in Händen, hatte sie diese nach vorn kippen lassen, mittenmang auf den Flanell-Heini. Da war vielleicht was runtergekommen: Dorsch, Butterfisch,

Zander, Lachs, Garnelen ... Wirklich schade drum. Auch hier an der Ostsee war doch schon alles überfischt, und nun hatte sie Perlen vor die Säue, also das kostbare Gut vor den Fiesling geworfen ... Haus „Dornbusch", das beste Hotel auf Hiddensee, hatte sie natürlich entlassen müssen.

Aus die Maus mit dem Inseltraum. „Dat söte länneken", wie die ihr Eiland hier nannten, würde ihr wohl kaum eine zweite Chance bieten. Zurück nach Itzehoe? Aus ihrer weichen, goldfarbenen Tasche zog sie die Mecklenburg-Vorpommersche Zeitung heraus. Ach, interessant. Morgen war die Beisetzung von Irina, der dritten Ehefrau dieses mega-eitlen Hiddenseer Dichterfürsten. Erst fünfunddreißig war sie gewesen, genauso jung wie sie selbst. Plötzlicher Tod, bedingt durch die Hitzewelle, hatten sie geschrieben.

Dann war der alte Casanova ja jetzt allein. Na, ganz allein auch nicht. In dem „Blauen Haus" mit dem Reetdach nistete im Dachgeschoss noch immer Marga, die erste Ehefrau, ein Stockwerk darunter Conny, die verehelichte Nummer zwei. Irina, die eben noch aktuelle Gattin, hatte er bei sich im Erdgeschoss einquartiert. Als tippwillige Muse und Bettgenossin. Wie damals die beiden anderen. Marga war fünfundsechzig, Conny fünfzig und Irina ... Tatsächlich: immer genau fünfzehn Jahre da-

zwischen. Mann, wenn der so weiter machte, musste er glatt noch anbauen. Ein Nebenhaus für Nebenfrauen. Im Garten, zwischen Birken und Buchen, war ja reichlich Platz dafür.
Jedenfalls hatte der Alte jetzt Bedarf. Da könnte sie doch einspringen ... Natürlich nicht wirklich. Männerhände ... Sie verzog das Gesicht. Ein Erinnerungsschmerz. Damals, sie war noch ein Kind gewesen ...
Aber es wäre ein Job. Ohne weibliche Patentheit kam dieser Künstlerchaot doch gar nicht klar. Sie würde das hinkriegen.

Sie mochte sie, die kleine mittelalterliche Kirche mit dem verwunschenen Friedhof drumherum. Weiß gekalkt, nicht mal ein Turm, aber innen! Die Decke ein gewölbter Himmel, zartestes Hellblau, über und über mit Rosen bemalt. „Guten Abend, gute Nacht, mi-hit Rosen beda-ha-cht", summte es in ihr. Die einfache Schönheit des Bäuerlichen. Vorn, in der ersten Reihe der hellen verwitternden Bänke, sah sie ihn: Henrik „Rico" Ahlefeld, der erfolgsgewohnte, preisgekrönte Schriftsteller. Er trug den weißesten seiner weißen Anzüge, seine Schultern bebten enorm. Neben ihm die beiden Geschiedenen, bei denen gar nichts bebte. Dahinter, bis zur letzten lückenlos besetzten Reihe, die solidarische

Schar seiner Verehrer und vor allem Verehrerinnen, ein paar Einheimische, nur wenige Verwandte.

Der Gottesdienst hatte sie eher betäubt, langsam floss sie mit der Menge aus dem Kirchlein, hinaus auf den mittagsheißen Friedhof. Die Sonne stach durch das Laubdach, sie folgte schattig vergitterten Wegen, rechts und links ragten urtümliche Grabsteine wie zufällig aus dem vergilbten Grün der Wiesen. Manche statt mit Namen nur mit den Hausmarken der Familien geschmückt. Unter dem großen Findling dort lag Gerhart Hauptmann, auch ein großer Dichter. Und da hinten, wie hieß noch diese berühmte Tänzerin ... richtig: Gret Palucca, die hatte schöne Sommer hier verbracht, nun ruhte sie sich aus von der Kunst, für immer.

Inzwischen hatten sich alle um das Grab versammelt. Heute würde sie bestimmt nicht weinen, auch wenn das meistens automatisch bei ihr losging. Sie hatte Besseres zu tun. Natürlich, sie kannte ihn schon, den Künstler und seinen Harem. Vom Sehen. Aber das trauernde Trio musste sie genauer beäugen, schließlich wollte sie so schnell wie möglich bei denen anheuern.

Rico Ahlefeld, hager und von ledriger Bräune – Hiddensee, fiel ihr ein, hatte die meisten Sonnenstunden pro Jahr in Deutschland –, der Witwer also schluchzte jetzt ins Grab hinein, während die Damen still und starr auf ihre Hände schauten. Marga, dünn, mit Topfschnitt und im Allzweck-Kostüm, wirkte dauerhaft grämlich und hatte mit ihrer Weiblichkeit offenbar abgeschlossen. Ganz anders Conny. Meine Güte, wie obszön konnte selbst Schwarz sein: dieser überquellende Ausschnitt, das Kleid bestimmt in XXL, dazu triefte sie vor falschem Gold. Hoffentlich war das Herz der Dicken echt. Nicht nur den Dichter musste sie gewinnen ... Das Totenglöckchen läutete den Schluss ein, und schnell verließ sie den Friedhof.

Ja, sie möge sich doch bitte vorstellen, hatte Rico Ahlefeld gesagt. Und nun stand sie vor ihm: helle Bluse und blauer Rock, der Rock spannte, und sie fühlte seinen Blick. ,Lecker, lecker' sagte der Blick.
Sie sah sich um. Ein dunkel vertäfelter Raum, ringsum wuchtige Bücherwände. Beklemmend, doch ein paar gelb lackierte Korbmöbel ließen sie aufatmen.
„Bitte!" Ahlefeld wies auf einen Sessel und grätschte sich ins Polster. Er trug seine legendäre weiße Kutte, aber mönchisch, dachte sie, war das ganz und gar nicht. Angestrengt schaute sie an ihm vorbei.

„Referenzen ...“, begann er, und sie wurde plötzlich rot.

„ ... habe ich nicht.“

„Natürlich nicht.“ Unter Brauen, die ihm fast in die
Augen wuchsen, fixierte er sie. „Die Fischplatte ...
hab' davon gehört. Sie haben Temperament! Gefällt mir.“

Sie erhob sich halb.

„Immer ruhig Blut, Frau Peters. Ein Likörchen?
Sanddorn, viel Vitamin C. Wissen Sie, ich könnte
hier verhungern, aber meine Geschiedenen küm-
mert das nicht. Nur meine letzte Frau“ – er legte
eine Hand über die Augen –, „nur Irina, die hat
mich so richtig verwöhnt. Polin. Ja, die wissen
noch, was Männer brauchen.“

Sie dachte an Irinas tollen Body, der sich nun langsam auflöste, fern ihrer Heimat und ihnen so nah.
Vierhundert Meter Luftlinie, schätzte sie. „Da wird
es schwer sein, Ersatz zu bekommen.“

„Würde ich nicht sagen.“ Er grinste schief. „Können Sie eine Sanddorn-Mousse machen?“

„Ja, natürlich.“ Die Küche vom Hotel „Dornbusch“
war ausgezeichnet, sie hatte sich da vieles abge-
schaut. Stolz strahlte bei ihr auf, und für Momente
vergaß sie Ahlefelds Raubtierblick. „Ich kann auch
anderes, Fischgerichte und – “

„Gut, gut. Jeden Tag eine Sanddorn-Mousse, dann sind Sie bei mir eingestellt. Abgemacht?“

Er bemerkte ihr Zögern und schlug sich gegen die Stirn. „Ach so, Ihre Entlohnung.“

Als er die Summe nannte, errötete sie erneut und nickte.

Emphatisch versuchte er aufzuspringen, musste sich aber abstützen. Dann drückte er ihre Hand.

Zum Glück wandte er sich jetzt zur Tür. Ah, ein Klingelzug. Er ließ es einmal, dann zweimal läuten.

Die Damen erschienen Arm in Arm, linsten zu ihr hinüber, sofort eine schlecht getarnte Feindschaft in den Augen. Sollte sie lieber gehen?

Ihr künftiger Chef war schon in den Sessel gefallen und legte die Fingerspitzen aneinander. „Das ist Frau Peters, sie wird meine – meine – “

„Neue Ehefrau?“ Connys Satin-Stilettos klopften empört auf den Boden.

Die Dicke sah gar nicht so übel aus. Promille-Spuren unter dem Rouge, aber irgendwie sinnlich in ihrer feuerroten Fülle.

„Ihr Dummerchen“, hörte sie Ahlefeld sagen, obwohl Marga ja wie beim Trappisten-Orden anhaltend und verkniffen geschwiegen hatte. „Das ist meine neue Assistentin.“

„Leibeigene." Wenn Marga etwas sagte, konnte sie offenbar sarkastisch sein.

„Frau Peters wird", fuhr der Dichter unbeleidigt fort, „für mich, für uns, täglich kochen und diesen verwaisten Haushalt wieder auf Trab bringen."

„Als Mädchen für alles." Sie versuchte ein Lächeln.

Es lief gut. Der Meister lobte ihren „Zander unter Sauerkraut-Kruste" und versicherte ihr täglich, noch nie ein so köstliches Sanddorn-Dessert bekommen zu haben.

„Süßes von der Süßen", wiederholte er und machte einen sabberigen Kussmund. Das war natürlich nicht so gut. Immerhin hatte sie, nach und nach, auch seine Exis weichgekocht, nicht zuletzt mit dieser Mousse, die sie der Dicken im ersten, der Dünnen im zweiten Stock servierte. Daraufhin hatte Conny ihr laut und überherzlich das Du angeboten und Marga ihre Teestunde zum „Tea for three" erweitert.

Heute trieb sie Panik ins Dachgeschoss. „Herr Ahlefeld will mich heiraten!"

Ihr schien, als habe Conny die Farbe und Marga die Temperatur gewechselt.

„Und? Wirst du annehmen?" Conny, die Dralle, hatte sich bedrohlich vorgebeugt.

„Ich weiß nicht …“ Sie dachte mit Schaudern an die Küchenszene. Sie, wehrlos die Hände im Teig, und der Dichter schon an ihrer Taille … Aber Jobs lagen heute nicht mehr auf der Straße.

„Dann wirst du Alleinerbin.“ Marga, die Dröge, maß sie mit kalter Gespanntheit.

„Nein, nein, ich würde euch doch nichts wegnehmen.“

„Irina ist die Heirat sehr schlecht bekommen.“ Sie bemerkte, wie Conny zu Marga blickte. Ein Duo, dachte sie, ein hässliches Duo. Wie konnte ich nur auf Freundschaft hoffen.

„Was meint ihr damit?“

„Schweigen ist Gold.“ Die Antwort passte zu Marga, das musste man ihr lassen.

„Ich werde Herrn Ahlefeld um Bedenkzeit bitten.“

„Warte nicht zu lange.“

Auch Dicke, dachte sie, konnten ausgesprochen ungemütlich werden.

„Bedenkzeit?“, hatte Rico Ahlefeld gefragt und die buschigen Brauen hochgezogen. Also, legalisiert werden müsse das schon, nun, da sie so aufopferungsvoll für seinen Leib und seine Seele sorge. Doch, doch, das täte sie. Schon fast so perfekt wie seine Polin. Es ginge auch ohne Heirat? Oh, nein, er sei sehr seriös und deshalb wie Ex-Kanzler Gerhard Schröder ein Anhänger der Ketten-Ehe. Schließlich habe er als weltbekannter Inseldichter einen Ruf zu verlieren.

Nur mit Vertrag? Also, gut, getrennte Schlafzimmer – einverstanden. Seine Geschiedenen? Vor denen brauche sie doch keine Angst zu haben. Die bekämen ihr Teil, ja, nach seinem Tod – akzeptiert. Apropos Tod: der sei hoffentlich noch fern, er müsse ja noch „Abendglut", sein großes Alterswerk, vollenden. Leider spiele sein Herz manchmal verrückt – bei diesen Worten hatte er sie wieder eindeutig-zweideutig angegrient –, aber nun müsse er sich ja um all den Medikamentenkram nicht mehr kümmern, sie mache das wirklich fabelhaft.

Kühler Wind strich über die Insel, wie Gold prangte der Sanddorn in den kahler werdenden Zweigen. Sie hatte „Ja" gesagt, das war okay. Im „Blauen Haus" erklomm sie die Stiegen, hinauf zu Marga und ihrem faden Nachmittagstee, und plötzlich spürte sie ein Rasen hinter den Schläfen. Prüfungsangst!

„Na, gibt's was Neues?" Conny empfing sie in gewohnter Lautstärke, nur ihre Tasse klirrte leise.

„Ich werde Rico heiraten!"

Jetzt kam auch Margas Tasse ins Zittern.

„Riii-co!", wiederholte Conny. „Hört, hört."

„Keine Sorge, ich hab einen Vertrag von ihm. Im Testament wird festgelegt, dass jede von uns ein Drittel – "

„Wie gütig, wie überaus gütig!" Connys Kajal-Augen nahmen einen verschlingenden Ausdruck an.

„Marga! Was sagst du dazu?"

Marga durchbrach ihr Charakterschweigen.

„Nichts", bemerkte sie, während sie mit ihrer Verbündeten einen Hassblick tauschte.

„Ihr könnt das gerne schwarz auf weiß – "

Die Damen winkten ab.

Sie zwang sich zu einem Lächeln. „Na, es wird nichts so heiß gegessen, wie es gekocht wird." Den Tee trank sie nicht aus.

Die Hochzeit fand in der Inselkirche statt. Unter dem gemalten Rosenhimmel, wunderwunderschön. Der Pastor, dachte sie, schaute etwas gallig, Ketten-Ehen mochte er wohl nicht. Auch dieser berühmte dralle Taufengel an der Decke war überhaupt nicht niedlich, sein Blick schien sich tief in ihre Seele zu bohren. Schlechte Vorzeichen? Ach, was. Die Hochzeitsgesellschaft war doch ganz lustig. Und sie wurde immer lustiger, bei „Hiddenseer Fischsuppe" und Co. und unbegrenzten Mengen von Riesling, selbstverständlich im „Dornbusch", das war sich Rico schuldig, und dann der Gag: Die

„Dornbusch"-Leute mussten nun sie bedienen, sie, die kleine verstoßene Kellnerin.

Was war das für ein Triumph gewesen! Aber jetzt, zurück im „Blauen Haus", nur noch mit Rico und den Exis, fühlte sie sich doch ein wenig erschöpft.

„Die Sanddorn-Mousse hast du ja wohl vorbereitet", bemerkte ihr eben angetrauter Ehemann.

Unglaublich. Vollgefressen bis zum Gehtnichtmehr, und dann noch, sogar am Hochzeitstag, die Mousse verlangen.

Tatsächlich gab es eine. „Haben wir gemacht." Conny spitzte ihren Lackmund. „Süßes für den Süßen."

Marga kam ihr zuvor und holte die Mousse aus der Küche.

„Hmm, lecker", lobte Ahlefeld. „Aber eine Idee anders schmeckt sie schon. Verratet ihr mir euer Rezept?"

„Iss doch erst mal zu Ende." Conny füllte noch einen Klacks obenauf.

„Hmm", wiederholte Ahlefeld. Etwa nach dem fünften Löffel fasste er sich an die Seite, seine Bräune wirkte plötzlich fahl. Dann brach er lautlos zusammen.

„Ach du Schreck". Conny beklatschte sofort seine ledrigen Wangen. Doch es tat sich nichts. Sie zögerte kurz, dann griff sie forsch nach seinem Puls. „Nichts ... Tot! Er ist tot!"

Marga krauste die graue Stirn und grunzte etwas, das nach „na, endlich" klang.

In stummer Lähmung hatte Uschi die Szene mit angesehen. Plötzlich ein Gedanke. Und ebenso plötzlich Schweiß auf der Haut, sie fühlte ihn in den Stoff dringen, Luft, mehr Luft, sofort musste sie aus dem verdammten Käfig von Kleid heraus.

„Ich habe was von der Mousse probiert!"

„Ja, und?" Vor ihr Conny, kühles Erstaunen im Blick. Immerhin hakte sie ihr das Kleid auf. Sie atmete durch.

„Was willst du damit sagen? Du glaubst doch nicht etwa, dass wir ..." Conny verfiel in ein kreischendes Lachen und verstummte erst, als Marga pikiert auf die Leiche wies.

Fünfzehn Minuten später war der Arzt da. Als er den Toten untersuchte, wandte sie sich ab.

„Mein Beileid!", hörte sie den Arzt schnarren.

„Tragisch", fügte er hinzu, und sie bemerkte, wie er ihr weißes Kleid musterte. „Die Herzschwäche Ihres Mannes hat mir schon lange Sorgen gemacht, aber dass es so schnell ... Könnten Sie mir mal seine Medikamente bringen?"

„Selbstverständlich." Sie eilte ins Schlafzimmer, raffte vom Nachttisch die Schachteln zusammen.

Der Arzt setzte seine Brille auf. „Oh, lala“, stieß er aus, korrigierte sich aber sofort. „Tragisch. Ihr Mann hat zusätzlich zu all den anderen Medikamenten dieses – Potenzmittel genommen.“
Jetzt fiel auch ihr die fremde Packung auf. Verstört schaute sie zu dem Toten, als müsse der gleich rot werden. Stattdessen lief sie selbst rot an, umso mehr, als die Damen einen Ausdruck verächtlichen Ekels zeigten.
„Viagra“, erklärte der Arzt. „Kreislaufversagen. Das war bei seinem schwachen Herzen zu viel des Guten.“ Er schielte zu dem Rest der Mousse hinüber. „Hätten Sie noch etwas davon? Ich bin schon ziemlich lange auf den Beinen ...“
„Nein!“ Sie schrie auf, als habe er den Löffel schon zum Munde geführt. Die Geschiedenen schüttelten synchron die Köpfe.
„Ich hole Ihnen etwas, Herr Doktor“, flötete Conny, deren Anteil an der Kreation offensichtlich der größere war. Der Doktor schaufelte ein. Er hatte wohl wirklich noch nichts gegessen. Die Creme hatte ihn belebt, und mit Schwung füllte er die Todesbescheinigung aus. Wenig später traf der Bestatter ein, und kurz darauf war das Haus wieder leichenfrei.

Als Marga ihr im Dachgeschoss den Tee einschenkte, war Uschis Atmung normal geworden. Und das nicht nur, weil sie das festliche Folterkleid gegen eine Sportkluft getauscht hatte.

„Dummerchen." Conny legte ihr eine krallige Hand auf den Arm. „Du hast wirklich geglaubt, wir seinen Giftmischerinnen?"

„Und was war mit Irina?"

„Irina – "

„Moment." Marga hatte einen geschäftsmäßigen Ton angeschlagen und rieb Daumen und Zeigefinger aneinander.

„Ja, das Erbe." Connys Blick wurde hart. „Also, meine Liebe – wie steht es denn nun damit?"

„Für jede ein Drittel. Ich hole gleich den Vertrag. Aber zuvor will ich wissen, warum Irina so früh gestorben ist."

Conny sah seufzend zu Marga, und Marga nickte.

„Es war in der Küche. Ausgerechnet, als sie die Mousse rührte, wollte er sein eheliches Recht haben. Sie hat ihn mit dem Rührstab vollgespritzt und dabei, so hat er uns erzählt, dabei habe sie ihn verhöhnt. Im Bett habe er noch nie was gebracht, nur in seiner Phantasie, in diesem kitschigen 'Abendglut'-Werk, nur da sei er der große Potenzmann. Und da, so hat er uns unter Tränen gestanden, da habe er leider zugeschlagen."

„Zugeschlagen?“

„Ja, so brutal, dass Irina ins Taumeln kam und stürzte. Als er in Panik nach uns rief, lag sie mit blutendem Hinterkopf tot auf den Fliesen. Er hat uns dann ein Angebot gemacht – “

„Schweigegeld“, kürzte Marga ab.

„Aha.“ Uschi musste wieder um Luft kämpfen. „Und die Wunde? Wieso hat der Arzt keinen Verdacht geschöpft?“

„Den habe ich abgelenkt.“ Conny spannte siegesgewohnt ihren Busen. „Außerdem war es eine Vertretung.“

„Der Tierarzt.“ Marga wurde fast gesprächig. „Der wollte nur schnell zu seinen Viechern zurück.“

„Ich denke, jetzt ist ein Eierlikör fällig.“ Conny nahm die Flasche vom Tablett und schenkte ein. „Zum Wohl! Also dann: auf uns – drei!“

Foto: imago

Monika Buttler ist Magistra der Literaturwissenschaft, Germanistik und Philosophie und war viele Jahre lang als Wohnredakteurin tätig. Sie publizierte sieben Kriminalromane: „Herzraub", „Abendfrieden", „Dunkelzeit", „Bei Lesung Mord", „Mord unter dem Halbmond", „Der Tod kam in Blau", „Die Schwarze Witwe von Wien".
Dazu über 40 Kurzkrimis, ein Hörspiel und belletristische Prosa. Herausgeberin von Anthologien.
Zuletzt erschien ihr Memoir „Ich liebe einen Orientalen. Mein Leben zwischen zwei Kulturen". Die Autorin lebt in Hamburg.

www.monikabuttler.de

Weitere Bücher von Monika Buttler
im elbaol verlag hamburg:

Monika Buttlers zweiter Band mit Kriminalge-
schichten der Extraklasse führt die Leserschaft
durch ganz Deutschland und sogar bis an die Côte
d'Azur. Von Aurich bis Zwickau wird kreuz und
quer durch mehrere Bundesländer und Inseln
Deutschlands gemordet, was das Zeug hält – und
das mit viel Lokalkolorit.
Und wieder machen Monika Buttlers Augenzwin-
kern, ihre feine Sozialkritik und ihr hintergründiger
Humor dieses Buch zu einem Lesevergnügen „de
luxe".

elbaol verlag hamburg
ISBN 978-3-384-31741-4
EUR 14,00

Weitere Bücher von Monika Buttler
im elbaol verlag hamburg:

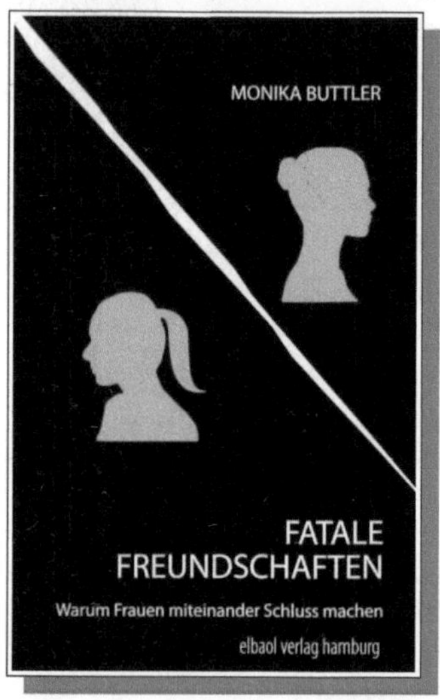

„Ziemlich beste Freunde" zu sein, ist das Thema unserer Zeit. Gerade Frauen legen Wert auf enge freundschaftliche Beziehungen. Warum zerbrechen diese dennoch, oft sogar nach langer Zeit? In fiktionalen Geschichten geht die Autorin den vielfältigen Gründen nach. Wenn auch Personen, Schauplätze frei erfunden sind, so haben die Ereignisse doch einen wahren Kern – Geschichten aus dem Leben, überraschend wie das Leben selbst.

elbaol verlag hamburg
ISBN 978-3-939771-64-7
EUR 8,99